U0061327

香港專業人士實用普通話系列 田小琳　主編

責任編輯　　陳偉婧　金季濤　鄭海檳
書籍設計　　孫素玲　吳冠曼
排　　版　　楊　錄
錄　　音　　林愛妮　劉　健　李斐

書　　名　　**醫護人員普通話**
編　　著　　田小琳　李娥珍
插　　畫　　于　霆
出　　版　　三聯書店（香港）有限公司
　　　　　　香港北角英皇道 499 號北角工業大廈 20 樓
　　　　　　Joint Publishing (H.K.) Co., Ltd.
　　　　　　20/F., North Point Industrial Building,
　　　　　　499 King's Road, North Point, Hong Kong
香港發行　　香港聯合書刊物流有限公司
　　　　　　香港新界大埔汀麗路 36 號 3 字樓
印　　刷　　美雅印刷製本有限公司
　　　　　　香港九龍觀塘榮業街 6 號 4 樓 A 室
版　　次　　2019 年 6 月香港第一版第一次印刷
規　　格　　大 32 開（140 × 203 mm）184 面
國際書號　　ISBN 978-962-04-3840-0

© 2019 Joint Publishing (H.K.) Co., Ltd.
Published & Printed in Hong Kong

本書附贈 MP3 錄音，請掃描左側二維碼，
或登錄網站 chinesemadeeasy.com/yhrypth 下載

香港專業人士實用普通話系列

醫護人員普通話

田小琳、李娥珍　編著

目錄

附錄

練習答案

參考書目

前言

什麼叫普通話

普通話是中國的標準語。憲法規定，國家推廣全國通用的普通話。

普通話的標準：以北京語音為標準音，以北方方言為基礎方言，以典範的白話文著作為語法規範。這是從語言的三要素即語音、詞彙、語法三方面，對普通話規範的描述。

中國有 56 個民族，130 多種語言；漢民族是人數最多的民族，說漢語的人數佔全國 95% 以上。現代漢語又包括多種方言。大方言區有：北方方言（官話）、晉語、吳語、閩語、客家話、粵語、湘語、贛語、徽語、平話和土話等，每個方言區下面還可以分為很多方言片、方言小片。因而，中國的語言生活是多元化的。五湖四海的中國人要互相來往，互相交流，每個人要在社會中學習、工作和生活，就要用全國通用的普通話。不然，說粵語的人怎麼和說閩語的人溝通呢？會說國家的標準語，是受過教育和有文化素養的表現之一。會說普通話，也為自己的發展帶來方便和好處。

香港地處粵方言區，90% 以上的香港人日常是用粵語（或說廣東話）溝通的。隨着資訊時代的發展，偌大的地球已經成

為地球村，香港作為國際金融中心，作為國際大都會，每天來往着成千上萬的內地同胞、台灣同胞和世界各地的華人，我們作為主人接待他們，進行商貿等各方面的往來，也需要用全國通用的普通話來交流。但這並不妨礙我們繼續使用粵語。香港「兩文三語」的語言政策，就是希望在香港社會能夠流通普通話、粵語和英語；在書面語方面，中文、英文都是正式語文。

學習普通話的訣竅

學習普通話有訣竅嗎？首先要有學習的興趣。普通話是華人用來互相溝通的語言，説好普通話，對自己有百利而無一害。普通話是從金、元、明、清各代近六百多年以來，逐漸形成的民族共同語。能説一口流利的普通話，是很享受的事情。在學習普通話的過程中，掌握以下的學習方法，可以事半功倍。

1. 大膽開口説：不要怕自己的發音不準，多説常説，能用普通話流利地表達自己的意思，能和別人溝通，就達到目的了。

2. 認真仔細聽：聆聽是理解的過程。聆聽發音準確的普通話，有助於改善自己的發音，聽得準，才能説得準。

3. 熟練運用拼音：漢語拼音是注音的工具，學好了一生受用。應儘量用最快的速度集中學拼音。用拼音輸入法打中文，速度快、效率高。

用拼音輸入法打中文，可以幫助自己掌握規範的普通話詞

彙，舉個例子，你想打「包羅萬有」，輸入「b l w y」之後，可能出現「暴露無遺」、「玻利維亞」，就是沒有「包羅萬有」，為何？因為「包羅萬有」是粵語，普通話是「包羅萬象」。還有「豬朋狗友」，打「zh p g y」根本沒有，因為普通話說「狐朋狗友」。

漢語拼音是正音的工具，你用拼音輸入法打字，如果聲母或者韻母打錯了，你要的那個字就出不來，在你尋找正確拼音的過程中，間接幫你正音了。

學習普通話，也是學習中文。任何一種語言，口語和書面語都是相輔相成、密切相關的。不要把普通話當成第二語言或者外語來學。標準的口語和標準的書面語是一致的。這就是「我手寫我口」的道理所在。提高了說普通話的水平，也會有助於提高中文書面語的水平。

我們學習了粵語和普通話在詞彙和語法上的區別，在書寫書面語時，就可以避免方言的影響。我們擴大了普通話詞彙量、學會了大量普通話句式，表達上就更加得心應手。

《漢語拼音方案》好處多

《漢語拼音方案》是在 1958 年由政府正式公佈的。聯合國在上世紀八十年代，已經將漢語拼音作為轉寫漢語的國際標準，國際標準化組織也以漢語拼音作為拼寫中國人名、地名的國際標準。《漢語拼音方案》在現今的互聯網時代發揮了更大的作用，也進一步走向世界。2015 年 12 月 15 日，ISO 總部

正式出版 ISO7098：2015 的英文版，將漢語拼音作為新的國際標準向世界公佈。

《漢語拼音方案》具有國際化的優點，它的第一部分字母表，共計 26 個字母，與英語字母表完全一樣，採用的是國際上最常用的拉丁字母表。只是讀法不同。這就比 1918 年政府公佈的「注音符號」進步了。注音符號用的是漢字部件來表示，台灣沿用至今，也發揮了很好的作用。

第二部分聲母表和第三部分韻母表，裏面的聲母、韻母就是從上述的字母表裏選取字母表示的。第四部分是聲調符號，普通話聲調很簡單，只有四個。第五部分隔音符號，是書寫時才用的。

漢語拼音的首要作用是給漢字注音，每一個漢字的字音，都包括聲母、韻母、聲調三部分。所以，用漢語拼音可以給每個漢字準確注音。

目前，電腦、手機等成為人們不可或缺的資訊工具，用什麼方法輸入中文最快？漢語拼音成了最好的工具之一。中國網民數以億計，九成以上用拼音輸入中文。這個技能學會了，學習、工作的效率會大大提高，事半功倍。所以建議讀者可在學習之餘下載有關軟件，練習用拼音輸入中文。

上部

pǔtōnghuà　　　yǔyán　　　zhīshi

普通話語言知識

普通話的聲調

一、普通話語音

　　普通話的聲調是普通話語音的靈魂，因為聲調有區別意義的作用，mā, má, mǎ, mà 四個不同聲調的音節，寫出來是四個字：媽、麻、馬、罵，意思不同。此外，還有一個輕聲：ma（嗎）。

　　普通話的四聲調類名稱分別為第一聲（陰平）、第二聲（陽平）、第三聲（上聲）、第四聲（去聲）。由下面的五度調值圖可以看到四聲準確的調值和走向特點。

調類	簡稱	例子	調值	調號	特點	五度標調圖
陰平	第一聲	湯 tāng	55	−	高平	
陽平	第二聲	糖 táng	35	ˊ	中升	
上聲	第三聲	躺 tǎng	214	ˇ	降升	
去聲	第四聲	燙 tàng	51	ˋ	全降	

　　普通話的聲調，調值都比較高，陰平是 55，陽平是 35，上聲是 214，去聲是 51。大部分都含有最高的調值 5，這是要特別注意的。港澳人士要注意一四聲的分辨和二三聲的分辨。

朗讀時，可以用手勢輔助，以對聲調特點加深認識。

此外，聆聽訓練對於掌握普通話聲調會有很大的幫助。

1. 一二三四聲依序排列練習

bīngqiáng-mǎzhuàng
兵強馬壯

diāochóng-xiǎojì
雕蟲小技

guātián-lǐxià
瓜田李下

gāopéng-mǎnzuò
高朋滿座

huāhóng-liǔlǜ
花紅柳綠

guāngmíng-lěiluò
光明磊落

shānqióng-shuǐjìn
山窮水盡

xīnzhí-kǒukuài
心直口快

xīqí-gǔguài
稀奇古怪

2. 四三二一聲依序排列練習

kègǔ-míngxīn
刻骨銘心

diàohǔ-líshān
調虎離山

bèijǐng-líxiāng
背井離鄉

mòshǒu-chéngguī
墨守成規

nòngqiǎo-chéngzhuō
弄巧成拙

pòfǔ-chénzhōu
破釜沉舟

sìhǎi-wéijiā
四海為家

tònggǎi-qiánfēi
痛改前非

xiùshǒu-pángguān
袖手旁觀

3. 一四聲練習

tiānfù
天賦

dānrèn
擔任

fāngxiàng
方向

gāoxìng
高興

hēiyè
黑夜

jiūzhèng
糾正

niēzào
捏造

shēngdiào
聲調

bēijù
悲劇

xīwàng
希望

4. 二三聲練習

chángjiǔ
長久

cídiǎn
詞典

chéngguǒ
成果

xúnjǐng
巡警

nánnǚ
男女

píngděng
平等

shípǐn
食品

tíngzhǐ
停止

quántǐ
全體

zácǎo
雜草

粵語聲調與普通話聲調對應表

粵語	普通話	例子
陰平	陰平	春 開 張 光 香 山

粵語	普通話	例子
陽平	陽平	堂 揚 繁 榮 平 黃
陰上	上聲	港 島 景
陽上	上聲	我 伍 腦 滿
	去聲	似 抱 盾 肚
陰去	去聲	世 界 報 到 壯 配
陽去	去聲	漫 步 順 義 地 瑞
陰入、中入	陰平	一 出 叔 哭 吃 喝 約 脫
	陽平	竹 卓 福 吉 哲 國 覺 潔
	去聲	腹 益 必 克 各 切 設 涉
陽入	陽平	白 罰 局 毒 舌
	去聲	六 力 玉 目 麥

二、知識窗：粵語普通話詞語對比

1. 粵、普用不同的詞來表達相同的概念。

　　普 俯臥撐　打點滴　下課　掰腕子　辦公室／辦公樓

　　粵 掌上壓　吊鹽水　落堂　拗手瓜　寫字樓

2. 同形異義詞：即同一個詞，表達的意義卻有區別。

	普	**粵**
窩心	受委屈後不能表白心中的苦悶，心裏很不舒服	貼心，合心意
地下	地面之下	地面上第一層
班房	監獄／拘留所	教室
地牢	地面下的監牢	地下室

3. 詞義相同，但構詞成分的次序不同。

普 擁擠　蹊蹺　錄取　素質　隱私　鞦韆　乾菜

粵 擠擁　蹺蹊　取錄　質素　私隱　韆鞦　菜乾

4. 詞義相同，但構詞成分有一個相同，一個不同。

普 手鐲　項鏈　小孩兒　腳跟　圍巾　姑父　板擦　口渴　手套　開水

粵 手鈪　頸鏈　小童　腳睜　頸巾　姑丈　粉擦　頸渴　手襪　滾水

5. 詞義相同，構詞成分兩個都不相同，但均為同義、近義成分。

普 臥室　冰箱　冰棍兒　碰壁　有空　零錢　穿衣　發薪　發號

粵 睡房　雪櫃　雪條　撞板　得閒　散紙　着衫　出糧　派籌

三、練習

1. 朗讀下列單字，按聲調把下列各字歸類。

人	天	地	杯	紅	風	海	紙	草	唱
麻	詩	雷	電	鼓	寫	罵	學	樹	聽

第一聲：＿＿＿＿＿＿＿＿＿＿＿＿＿＿＿＿＿＿＿＿

第二聲：＿＿＿＿＿＿＿＿＿＿＿＿＿＿＿＿＿＿＿＿

第三聲：＿＿＿＿＿＿＿＿＿＿＿＿＿＿＿＿＿＿＿＿

第四聲：＿＿＿＿＿＿＿＿＿＿＿＿＿＿＿＿＿＿＿＿

2. 朗讀下列詞語，標出詞語的聲調。

(1) 掃描　　(2) 故鄉　　(3) 關心　　(4) 黑板　　(5) 家庭

(6) 老師　　(7) 排隊　　(8) 熱情　　(9) 遲早　　(10) 警告

第 2 課　聲母和韻母的拼合（一）

一、普通話語音

普通話中的音節可以分為聲母和韻母兩部分。

（一）聲母 b, p, m, f; d, t, n, l; g, k, h

1. 唇音

b: 上唇和下唇形成阻礙，氣流衝破阻礙，爆發出聲音。氣流較弱，發音時聲帶不顫動。

例　奔波 bēnbō　被捕 bèibǔ　擺佈 bǎibù
▲

p: 發音部位及方法與 b 相同，但氣流比 b 強。

例　批評 pīpíng　攀爬 pānpá　乒乓 pīngpāng
▲

m: 發音部位與 b 相同，氣流從鼻腔出來，發音時聲帶顫動。

例　秘密 mìmì　盲目 mángmù　面貌 miànmào
▲

f: 上齒與下唇接觸形成阻礙，氣流通過唇齒間的縫隙摩擦擠出。發音時聲帶不顫動。又叫唇齒音。

例　發奮 fāfèn　反腐 fǎnfǔ　芬芳 fēnfāng
▲

2. 舌面前音

d: 舌尖抵到上齒齦，形成阻礙，氣流衝破阻礙，爆發出聲音。氣流較弱，發音時聲帶不顫動。

例 等待 děngdài 　道德 dàodé 　達到 dádào

t: 發音部位及方法與 d 相同，但氣流比 d 強。

例 探討 tàntǎo 　體貼 tǐtiē 　疼痛 téngtòng

n: 發音部位與 d 相同，氣流從鼻腔出來，發音時聲帶顫動。

例 男女 nánnǚ 　牛奶 niúnǎi 　泥濘 nínìng

l: 舌尖抵到上齒齦，形成阻礙，氣流通過舌頭的兩邊出來，發音時聲帶顫動。

例 流利 liúlì 　履歷 lǚlì 　聯絡 liánluò

3. 舌根音

g: 舌根抵住軟腭，形成阻礙，氣流衝破阻礙，爆發出聲音。氣流較弱，發音時聲帶不顫動。

例 高貴 gāoguì 　國歌 guógē 　廣告 guǎnggào

k: 發音部位及方法與 g 相同，但氣流比 g 強。

例 困苦 kùnkǔ 　可靠 kěkào 　開墾 kāikěn

h: 發音部位與 g 相同，氣流從舌根和軟腭之間的窄縫中擠出來，發音時聲帶不顫動。

例 呼喚 hūhuàn　航海 hánghǎi　後悔 hòuhuǐ
▲

（二）單韻母 a, o, e, i, u, ü

a: 開口度最大，口自然張開，舌頭位置最低。

例 他 tā　麻 má　卡 kǎ　大 dà
▲

o: 開口度較小，唇呈圓形，舌頭位置半高。

例 波 bō　佛 fó　摸 mō　破 pò
▲

e: 開口度較小，唇呈扁狀，舌位高度與 o 相同。

例 哥 gē　德 dé　惹 rě　色 sè
▲

i: 開口度最小，舌尖下垂至下齒背，唇呈扁狀，舌頭位置最高。

例 低 dī　迷 mí　你 nǐ　弟 dì
▲

u: 開口度最小，唇呈圓形。發音時舌根接近軟腭，舌頭位置最高。

例 姑 gū　圖 tú　努 nǔ　度 dù
▲

ü: 開口度最小，唇呈圓形，舌位高度與 i 相同。

例 居 jū　魚 yú　女 nǚ　綠 lǜ
▲

（三）複韻母 ai、ei、ao、ou、iao、iou、uai、uei、ia、ie、ua、uo、üe

　　發音的方法是從前一個韻母滑動到後一個韻母；在滑動中唇形、舌位是逐漸變化的，氣流不能中斷。

ai	哀	ei	欸	ao	熬	ou	歐		
uai	歪	uei	威*	iao	腰	iou	憂*		
ia	呀	ie	耶	ua	哇	uo	窩	üe	約

* 註：iou（憂）與聲母相拼時，省略寫成 iu；uei（威）與聲母相拼時，省略寫成 ui。

例
　　災害 zāihài　　　配備 pèibèi　　　高樓 gāolóu
　　吵鬧 chǎonào　　收購 shōugòu　　綢繆 chóumóu
　　摟抱 lǒubào　　　秒錶 miǎobiǎo　逍遙 xiāoyáo
　　繡球 xiùqiú　　　牛油 niúyóu　　　懷揣 huáichuāi
　　退回 tuìhuí　　　摧毀 cuīhuǐ　　　外匯 wàihuì
　　漂流 piāoliú　　　花襪 huāwà　　　火鍋 huǒguō
　　假牙 jiǎyá　　　　歇業 xiēyè　　　雀躍 quèyuè

ai-ei	賣力 màilì——魅力 mèilì 埋頭 máitóu——眉頭 méitóu
ao-ou	早市 zǎoshì——走勢 zǒushì 牢房 láofáng——樓房 lóufáng
ua-uo	進化 jìnhuà——進貨 jìnhuò 滑動 huádòng——活動 huódòng
ie-üe	茄子 qiézi——瘸子 quézi 買鞋 mǎi xié——買靴 mǎi xuē
iao-iou	消息 xiāoxi——休息 xiūxi 生效 shēngxiào——生鏽 shēngxiù

二、知識窗：粵語普通話句式對比（一）

粵語和普通話語音差異最大；詞彙的差異也有，特別在口語詞方面；語法方面，粵普的區別不大。中文的語法系統十分強調語序，並且大量使用虛詞，現根據這兩個特點，將粵普語序比較舉例說明如下：

1. 比較句

（1）普 張嘉樂跑步比我快。

　　粵 張嘉樂跑步快過我。

（2）普 重慶夏天比廣州還熱。

　　粵 重慶夏天仲熱過廣州。

2. 狀語的位置

（1）普 你先睡吧，我看完電郵就睡。

　　粵 你瞓先啦，我睇埋電郵就瞓。

（2）普 慢點兒走，等等老人家。

　　粵 行慢啲啦，等埋老人家。

3. 動詞後兩個賓語的位置

（1）普 老師借給我兩本書。

　　粵 老師借兩本書俾我。

（2）普 大姐送給我一套《紅樓夢》。

　　粵 大家姐送咗套《紅樓夢》俾我。

（3）普 勞駕，給我一磅草莓。

　　粵 唔該，俾一磅士多啤梨我。

4. 選擇疑問句的語序

(1) 普 —— 你坐過高鐵嗎？ —— 坐過。/ 沒坐過。

　　粵 —— 你有冇坐過高鐵呀？ —— 有。/ 冇。

(2) 普 —— 你上網看新聞了嗎？ —— 看了。/ 沒看。

　　粵 —— 你有冇上網睇新聞呀？ —— 有。/ 冇。

(3) 普 —— 你們做過市場調查沒有？ —— 做了。/ 沒做。

　　粵 —— 你哋有冇做過市場調查？ —— 有。/ 冇。

三、練習

1. 朗讀下列詞語，把詞語的聲母填在橫線上。

(1) 寬廣 ＿＿＿＿ ＿＿＿＿　　(2) 蓬勃 ＿＿＿＿ ＿＿＿＿

(3) 地毯 ＿＿＿＿ ＿＿＿＿　　(4) 凱歌 ＿＿＿＿ ＿＿＿＿

(5) 流利 ＿＿＿＿ ＿＿＿＿　　(6) 特點 ＿＿＿＿ ＿＿＿＿

(7) 發揮 ＿＿＿＿ ＿＿＿＿　　(8) 別名 ＿＿＿＿ ＿＿＿＿

(9) 奶酪 ＿＿＿＿ ＿＿＿＿　　(10) 荒謬 ＿＿＿＿ ＿＿＿＿

2. 試讀出下列字詞，並找出它們的複韻母，用線將二者相連。

    (1)   排

    (2)   濤   ●   ai

    (3)   浩

    (4)   飛   ●   ei

    (5)   否

    (6)   號召   ●   ao

    (7)   愛戴

    (8)   走漏   ●   ou

    (9)   醜陋

    (10) 蓓蕾

3. 朗讀下列詞語，然後找出它們的韻母。

例	娃娃	花襪	（ ua ）
(1)	賈家	下架	（　　）
(2)	巧妙	療效	（　　）
(3)	貼切	結業	（　　）
(4)	摔壞	外踝	（　　）
(5)	雪靴	決絕	（　　）
(6)	悠遊	九流	（　　）
(7)	過錯	懦弱	（　　）
(8)	回歸	摧毀	（　　）

4. 單韻母練習遊戲。

    普通話學會舉行幸運抽獎，圖一是抽獎過程中球在抽獎箱裏的情況，圖二則是某個球剛好被其他五個球圍繞的情況，而

這六個漢字球漢語拼音的韻母剛好是 a, o, e, i, u, ü，像這種情況在圖一中總共出現了四次。請把餘下三組漢字球的漢字寫在適當的位置，並標上漢語拼音。

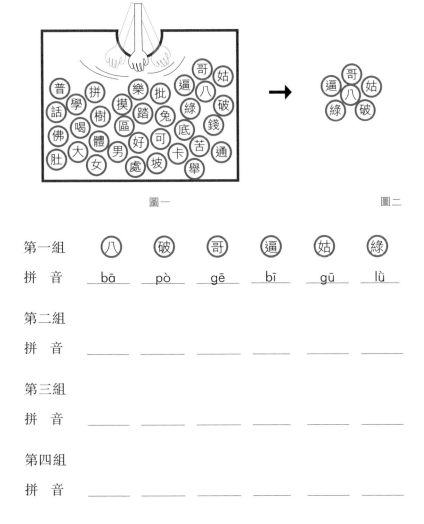

圖一   圖二

第一組	八	破	哥	逼	姑	綠
拼　音	bā	pò	gē	bī	gū	lǜ

第二組
拼　音　＿＿＿　＿＿＿　＿＿＿　＿＿＿　＿＿＿　＿＿＿

第三組
拼　音　＿＿＿　＿＿＿　＿＿＿　＿＿＿　＿＿＿　＿＿＿

第四組
拼　音　＿＿＿　＿＿＿　＿＿＿　＿＿＿　＿＿＿　＿＿＿

第3課 聲母和韻母的拼合（二）

一、普通話語音

（一）聲母 j, q, x; zh, ch, sh, r; z, c, s

1. 舌面音

j: 舌尖放在下齒後面，舌面前部與硬腭的前部接觸，形成阻礙，發音時舌面慢慢離開硬腭，氣流從縫隙中摩擦而出。發音時聲帶不顫動。

> 例 季節 jìjié　講究 jiǎngjiu　交際 jiāojì

q: 發音方法與 j 相同，但氣流較強。

> 例 恰巧 qiàqiǎo　齊全 qíquán　祈求 qíqiú

x: 舌尖放在下齒後面，舌面前部與硬腭的前部靠近，留一縫隙，氣流從縫隙中摩擦而出。發音時聲帶不顫動。

> 例 循序 xúnxù　現象 xiànxiàng　小學 xiǎoxué

粵語裏沒有和 j, q, x 相同的聲母，只有相近的舌葉音知 [tʃ]、癡 [tʃ]、詩 [ʃ]，因此香港人在發 j, q, x 這三個聲母時特別困難，很容易發成舌葉音。

注意：j, q, x 不跟 u 相拼，只跟 ü 相拼，為了書寫方便，ü 上的兩點不用加，如：居 jū、區 qū、需 xū，後面的韻母是 ü，不是 u。

2. 舌尖後音

zh，ch，sh，r 是把舌尖翹起來抵住硬腭前部來發音的，並不是把舌尖捲到硬腭後面。粵語中沒有這一組聲母。發音時不要和舌面音 j，q，x 相混。

zh: 舌尖上翹，頂住硬腭前部，形成阻礙，發音時舌尖離開硬腭，氣流從縫隙中摩擦而出。發音時聲帶不顫動。

▲ 例　真正 zhēnzhèng　　住宅 zhùzhái　　主張 zhǔzhāng

ch: 發音方法與 zh 相同，但氣流較強。

▲ 例　唇齒 chúnchǐ　　出差 chūchāi　　長城 Chángchéng

sh: 舌尖上翹，接近硬腭，但不要頂住硬腭，留一縫隙，氣流從縫隙中摩擦而出。發音時聲帶不顫動。

▲ 例　事實 shìshí　　手術 shǒushù　　舒適 shūshì

r: 發音方法與 sh 大致相同，但在發音時聲帶會顫動。

▲ 例　仍然 réngrán　　忍讓 rěnràng　　柔軟 róuruǎn

3. 舌尖前音

z，c，s 發音時，舌尖抵住上齒背，接觸面要小。練習時可以把上下齒咬緊，發音時讓氣流從牙齒縫隙間慢慢摩擦而出。

z: 舌尖向前伸，頂住上齒背，形成阻礙，發音時舌面離開上齒背，氣流從縫隙中摩擦而出。發音時聲帶不顫動。

▲ 例　再造 zàizào　　自尊 zìzūn

c: 發音方法與 z 相同，但氣流較強。

例 粗糙 cūcāo　　層次 céngcì
▲

s: 舌尖向前伸，接近上齒背，形成阻礙，發音時舌面離開上齒背，氣流從縫隙中摩擦而出。發音時聲帶不顫動。

例 灑掃 sǎsǎo　　隨俗 suísú
▲

（二）鼻韻母

1. 前鼻韻母 an，en，in，ian，uen，uan，ün，üan

-n 的發音方法是舌尖抵住上齒齦，氣流從鼻腔出來，聲帶顫動。注意前鼻韻母發音結束時，舌尖必須輕碰上齒齦。

an	安 ān	安然 ānrán	感嘆 gǎntàn
ian	煙 yān	見面 jiànmiàn	簡便 jiǎnbiàn
uan	彎 wān	轉換 zhuǎnhuàn	貫穿 guànchuān
üan	冤 yuān	圓圈 yuánquān	軒轅 Xuānyuán
en	恩 ēn	沉悶 chénmèn	門診 ménzhěn
in	因 yīn	拼音 pīnyīn	辛勤 xīnqín
uen	溫 wēn	論文 lùnwén	餛飩 húntun
ün	暈 yūn	均勻 jūnyún	軍訓 jūnxùn

2. 後鼻韻母 ang，eng，ong，ing，iang，iong，uang，ueng

-ng 的發音方法是舌根頂住軟腭，氣流從鼻腔出來，聲帶顫動。所以後鼻韻母發音結束時，舌根必須頂住軟腭，口張開。

ang	昂 áng	幫忙 bāngmáng	放榜 fàngbǎng
iang	央 yāng	想像 xiǎngxiàng	強項 qiángxiàng
uang	汪 wāng	裝潢 zhuānghuáng	狀況 zhuàngkuàng
eng	亨 hēng	豐盛 fēngshèng	更正 gēngzhèng
ing	英 yīng	姓名 xìngmíng	晶瑩 jīngyíng
ueng*	翁 wēng	老翁 lǎowēng	小甕 xiǎowèng
ong	轟 hōng	恐龍 kǒnglóng	轟動 hōngdòng
iong	擁 yōng	洶湧 xiōngyǒng	炯炯 jiǒngjiǒng

* 註：韻母 ueng 不與任何聲母相拼，只能自成音節。

二、知識窗：粵語普通話句式對比（二）

　　粵、普虛詞用法舉例比較如下：

1. 表示遞進的連詞

（1）普 這棟樓，背山面海，不但風景優美，而且空氣清新。

　　粵 呢個樓盤背山面海，唔單止風景優美，空氣仲好清新㗎。

（2）普 沿海漁村的漁民，不但生活好了，收入多了，而且教育水平也提高了。

　　粵 沿海漁村嘅漁民，唔單止生活好咗，收入多咗，教育水準仲提高咗㗎。

（3）普 駿豪不僅書唸得好，而且各項體育運動也很棒。

　　粵 駿豪唔止書讀得好，體育運動仲樣樣都咁叻㗎。

2. 句尾語氣詞

(1) 普 老師上課説了什麼來着，你還記得嗎？

粵 老師上堂講過乜嘢嚟嘅，你記唔記得呀？

(2) 普 這個公園種了各種各樣的花，像玫瑰呀、菊花呀、杜鵑哪、芍藥哇、梔子啊，五彩繽紛，真漂亮啊。

粵 呢個公園種咗好多種花，好似玫瑰呀、菊花呀、杜鵑呀、芍藥呀、梔子呀，七彩繽紛，真係靚啊。

(3) 普 這所學校是胡先生捐款蓋的。

粵 呢間學校係胡先生捐錢起嘅。

3. 句前嘆詞

(1) 普 嘿，你的手提電話還沒修好嗎？

粵 吓，你部手機仲未整番呀？

(2) 普 呵，這洗手間怎麼那麼髒啊！

粵 咦，個廁所咁邋遢嘅！

(3) 普 嚄！那麼大的一棵聖誕樹，真沒見過。

粵 嘩！咁大棵聖誕樹，真係未見過嘑。

4. 擬聲詞

(1) 普 小雲忍不住哧的一聲笑了出來。

粵 小雲忍唔住咭一聲笑咗出嚟。

(2) 普 現在在香港，年三十晚上已經聽不到街上傳來噼噼啪啪的鞭炮聲了。

粵 宜家係香港，年三十晚已經聽唔到街度傳嚟嘩瀝啪嘞嘅炮仗聲喇。

(3) 普 酒店房間的水管子一整晚滴滴答答地漏水,吵得人
睡不着。

粵 酒店房個水喉成晚啲啲嗒嗒咁漏水,嘈到人瞓唔到。

三、練習

1. 試按下列音節的聲調順序,各寫一個常用字。

例　ju　: ___居___ ___局___ ___舉___ ___據___

(1) jiao : _____ _____ _____
(2) jie　: _____ _____ _____
(3) qiao : _____ _____ _____
(4) qie　: _____ _____ _____
(5) xiao : _____ _____ _____
(6) xie　: _____ _____ _____

2. 試把下面的粵語句子翻譯成普通話。

(1) 呢架巴士冷氣唔夠,好焗!

答: _____

(2) 魏敏玲唔單止人生得靚、心地好,仲好勤力好學㗎。

答: _____

(3) 頭先我仲見到細劉,一轉眼就唔見咗佢喇。

答: _____

(4) 哎呀,隻紙鷂飛走咗啦!

答: _____

(5) 喺班房度吱吱喳喳嘈喧巴閉，好影響其他同學上堂學嘢。

答：＿＿＿＿＿＿＿＿＿＿＿＿＿＿＿＿＿＿＿＿＿＿

3. 請讀出下列單字，然後把聲母相同的字用線連在一起。

zh	這	唇	唱	柔	日	r
ch	出	者	弱	成	升	sh
sh	疏	軟	真	上	抽	ch
r	然	說	石	正	知	zh

4. 試讀出下列詞語，選出與例詞發音相同的詞語。

例 ▲	記敍	Ⓐ 繼續	B 技術	C 蜘蛛	D 雞胸
(1)	攜帶	A 懈怠	B 借貸	C 還貸	D 鞋帶
(2)	地域	A 抵禦	B 地獄	C 地位	D 地殼
(3)	毅力	A 藝伎	B 一例	C 屹立	D 一粒
(4)	長城	A 長程	B 城牆	C 長情	D 長征
(5)	事例	A 實力	B 勢力	C 失利	D 私立
(6)	京戲	A 今昔	B 精細	C 金器	D 驚異
(7)	經營	A 晶瑩	B 金銀	C 精英	D 浸染
(8)	演示	A 人事	B 隱私	C 掩飾	D 音質
(9)	童心	A 同行	B 童星	C 銅絲	D 同心
(10)	榴槤	A 樓宇	B 流言	C 牛年	D 留連

5. 請將下列漢字填入下表的空格內。

升	四	池	自	色	吸	抄	村	災
結	知	春	紙	強	詞	歇	群	僧
摘	旗	嬌	操	興	濕	雜	說	雞

聲母	同聲母的漢字	聲母	同聲母的漢字	聲母	同聲母的漢字
j		zh		z	
q		ch		c	
x		sh		s	

6. 前後鼻韻母分辨：朗讀下列詞語，在相應的漢語拼音前加 ✓。

(1) 人民 ☐ rénmín ☐ réngmíng

(2) 英明 ☐ yīnmín ☐ yīngmíng

(3) 審判 ☐ shěnpàn ☐ shěngpàng

(4) 強項 ☐ qiánxiàn ☐ qiángxiàng

(5) 賓館 ☐ bīnguǎn ☐ bīngguǎng

(6) 芳香 ☐ fānxiān ☐ fāngxiāng

字母 y, w 和隔音符號的用法

一、普通話語音

（一）字母 y, w 的用法

　　y, w 開頭的音節稱為零聲母音節。在普通話語音裏，一個音節的開頭如果是 i, u, ü 而自成音節（i, u, ü 之前沒有聲母）時，或者在 i, u, ü 前面加隔音字母 y, w，或者把 i, u 改寫為 y, w，ü 上的兩點要省略。其規律見下表：

1. 以 i 開頭的韻母

拼音寫法	yī	yā	yē	yāo	yōu	yān	yīn	yāng	yīng	yōng
字例	衣	鴨	椰	邀	憂	煙	因	央	英	擁

2. 以 u 開頭的韻母

拼音寫法	wū	wā	wō	wāi	wēi	wān	wēn	wāng	wēng
字例	烏	哇	窩	歪	威	彎	溫	汪	翁

3. 以 ü 開頭的韻母

拼音寫法	yū	yuē	yuān	yūn
字例	淤	約	冤	暈

（二）隔音符號

當韻母 a，o，e 和 a，o，e 開頭的韻母自成音節，並連接在其他音節的後面時，為使音節的界限清晰，我們必須加上隔音符號「'」。如果前面並沒有與其他音節相連，則不需要使用隔音符號。例如：

需使用隔音符號的例詞	治安 zhì'ān	幼兒 yòu'ér	欣澳 Xīn'ào	恩愛 ēn'ài
不需使用隔音符號的例詞	安全 ānquán	兒童 értóng	澳門 Àomén	愛情 àiqíng

二、知識窗：新潮的網絡詞語

網絡詞語包括漢字詞語、字母符號、數字、圖形符號等等。網絡詞語是現代漢語新詞新語產生的一個來源，有的網絡詞語已經成為規範詞語庫中的一部分，例如：

版主	帖子	跟帖	防火牆	筆記本（電腦）
點讚	登錄	發帖	點擊	桌面
網蟲	網卡	網頁	網友	網民
網吧	網店	網購	網站	網址
網癮	網戀	洗版	團購	視頻

在資訊時代，網絡詞語會大量產生，我們要以既積極又慎重的態度對待它。有的網絡詞語使用的壽命很短，用過一陣之後就消失了，這是詞彙在語言交際的新時代中產生的很正常的現象。

三、練習

1. 填空：試將下列零聲母詞語的漢字，分別寫在橫線上。

慰問　委婉　押韻　玩味　威武　盈餘　淵源　游泳

意義　預約　瘟疫　擁有　逾越　醫藥　願望

(1) yīyào ＿＿＿＿＿＿

(2) yóuyǒng ＿＿＿＿＿＿

(3) yìyì ＿＿＿＿＿＿

(4) yōngyǒu ＿＿＿＿＿＿

(5) yíngyú ＿＿＿＿＿＿

(6) wèiwèn ＿＿＿＿＿＿

(7) wánwèi ＿＿＿＿＿＿

(8) wěiwǎn ＿＿＿＿＿＿

(9) wēiwǔ ＿＿＿＿＿＿

(10) wēnyì ＿＿＿＿＿＿

(11) yùyuē ＿＿＿＿＿＿

(12) yúyuè ＿＿＿＿＿＿

(13) yuānyuán ＿＿＿＿＿＿

(14) yāyùn ＿＿＿＿＿＿

(15) yuànwàng ＿＿＿＿＿＿

2. 填歌曲名稱。以下是二十首流行歌曲名的拼音，請把它們譯寫成漢語，然後填入圖中適當的位置。

橫		縱	
A	rúguǒ méiyǒu nǐ	1	xiǎo píngguǒ
B	wǒ bú yuàn ràng nǐ yí gè rén	2	nǐ ài wǒ xiàng shéi
C	gěi wǒ yì shǒu gē de shíjiān	3	bàn gè rén

D	dàochù dōu shì ài
E	shuō ài nǐ
F	gūdān de běibànqiú
G	bàba qù nǎr
H	nánrén bù gāi ràng nǚrén liúlèi
I	wǒ hǎo xiǎng nǐ
J	zuì shúxi de mòshēngrén
K	jìmò jìmò jiù hǎo

4	shíjiān dōu qù nǎ le
5	yí gè rén xiǎngzhe yí gè rén
6	nǐ bǎ wǒ guànzuì
7	nǐ bù zhīdào de shì
8	yuàn dé yì rén xīn
9	jìmò xīngqiú
10	yǎnlèi chéng shī
11	rúguǒ nǐ yě tīngshuō

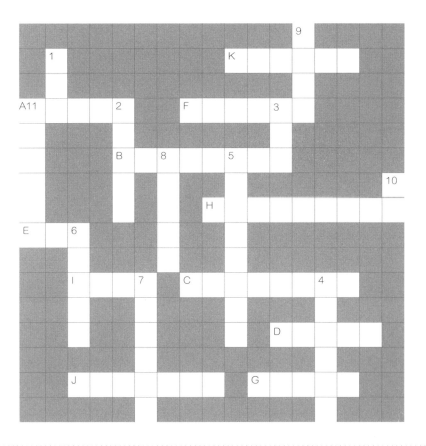

第5課　變調和音變

一、普通話語音

（一）變調

1. 上聲連讀變讀

「上聲連讀」變調，又稱「三聲連讀變調」，指的是第三聲連續讀出時的不同讀法。第三聲的音變，主要可以分為以下三類：

（1）第三聲讀作原調

第三聲在三種情況下會讀作原調（214 或 2114）：

① 單字出現時

例　好 hǎo　我 wǒ　你 nǐ　姐 jiě

② 詞語的最後一字

例　地鐵 dìtiě　健美 jiànměi　燒烤 shāokǎo
　　石硤尾 Shíxiáwěi

③ 句子最後一個字

例　他人很好。Tā rén hěn hǎo.
　　小珍打的去機場。Xiǎo Zhēn dǎdī qù jīchǎng.

（2）第三聲讀作半三聲（21 或 211）

理論上第三聲要讀全調（214 或 2114），但在說話的自然語流中，很難保持完整的降升調，所以通常只唸「半三聲」，也就是前半調，調值為 21 或 211。

① 第三聲在第一聲前

例 閃失 shǎnshī　　體積 tǐjī　　指揮 zhǐhuī
　▲

② 第三聲在第二聲前

例 水池 shuǐchí　　酒瓶 jiǔpíng　　旅行 lǚxíng
　▲

③ 第三聲在第四聲前

例 跑步 pǎobù　　踴躍 yǒngyuè　　璀璨 cuǐcàn
　▲

（3）兩個或以上的三聲連讀

當兩個或兩個以上的三聲字相連時，聲調會有以下幾種改變（以下第三聲按實際讀音標調）：

① 單單格 ˇ＋ˇ → ˊ＋ˇ

例 小組 xiáozǔ　　古典 gúdiǎn　　洗手 xíshǒu
　▲
　　表姐 biáojiě

② 雙單格 ˇˇ ＋ ˇ → ˊˊ＋ˇ

例 水果酒 shuíguójiǔ　　　表演者 biáoyánzhě
　▲
　　展覽館 zhánlánguǎn　　水彩筆 shuícáibǐ

③ 單雙格 ˇ ＋ ˇˇ → ˇ＋ˊˇ

例 小拇指 xiǎo múzhǐ　　炒米粉 chǎo mífěn
　▲
　　有水準 yǒu shuízhǔn　　買手錶 mǎi shóubiǎo

④ 多音節三聲連讀，根據語意分段變讀。

例 我也有理想。Wó yé yǒu líxiǎng.
▲ 小美買了九百九十九朵玫瑰。 Xiáo Měi mǎile jiúbǎi jiǔshíjiǔ duǒ méigui.

2.「一」、「不」的變調

「一」的原調是第一聲，「不」的原調是第四聲，但當它們後面接讀其他聲調的字時，「一」和「不」的聲調有時就會改變。本書中「一」、「不」的拼音按變調處理。

（1）「一」的變調

「一」的變調是指「一」在不同的音節前面變換成不同調值的現象，共有四種不同的讀法。

	說明		調號	例子
①	讀作原調	單獨使用（數字）	-	一、二、一 一號 一是一
		序數詞或年代		第一年 第一代 一九一一
		詞語和句子的末尾		統一　唯一 大小不一 他們二人的感情始終如一。
		三位或以上的數字連讀*		1201 號房間 98121611 116 路巴士
②	在第四聲前變讀第二聲		ˊ ˋ	一夜　一對　一個　一件

	說明	調號	例子
③	在第一、二、三聲前變讀 第四聲	ˋ －	一天 一雙 一家 一般
		ˋ ´	一年 一成 一節 一層
		ˋ ˇ	一點 一匹 一本 一把
④	夾在詞語中變讀輕聲	ㄨ · ㄨ	想一想 看一看 學一學

* 註：口語中有時會將數字「一」yī 讀為 yāo，以免與其他數字混淆。

　　（2）「不」的變調

　　「不」的變調是指「不」在不同的音節前讀不同的調值。
可以分為以下三類：

	說明	調號	例子
①	在第四聲前變讀第二聲	´ ˋ	不看 不會 不問 不算
②	在第一、二、三聲前仍讀 第四聲	ˋ －	不聽 不說 不哭 不知
		ˋ ´	不靈 不行 不談 不停
		ˋ ˇ	不買 不冷 不講 不懂
③	夾在詞語中變讀輕聲	ㄨ · ㄨ	走不走 對不起 管不着

（二）「啊」的音變

　　普通話中的語氣助詞「啊」，由於受到前面一個音節韻母
末尾音素的影響而發生音變，其規律如下：

「啊」前一音節尾的音素 （即最後一個字母）	音變	例子		寫法
a, o(uo), e, ê i, ü	ya	他啊 說啊 真熱啊 注意啊 吃魚啊	tā ya shuō ya zhēn rè ya zhùyì ya chī yú ya	呀
u（ao）	wa	找啊 沒輸啊 快跑啊 太少啊	zhǎo wa méi shū wa kuài pǎo wa tài shǎo wa	哇
-n	na	難啊 討論啊	nán na tǎolùn na	哪
-ng	nga	行啊 有用啊	xíng nga yǒu yòng nga	啊
zhi, chi, shi, ri, 兒化	ra [ʐA]	哪兒啊 吃啊 有事啊 生日啊	nǎr ra chī ra yǒu shì ra shēngrì ra	啊
zi, ci, si	[z]a	要死啊 真次啊 寫字啊	yào sǐ [z]a zhēn cì [z]a xiě zì [z]a	啊

二、知識窗：生動活潑的社區詞

在使用現代漢語的不同社會區域，流通着一些社區詞。社區詞（community expression）是指某個社區使用的，並反映該社區政治、經濟、文化的特有詞語。例如，中國內地的「三講」、「宏觀調控」、「菜籃子工程」，香港的「房奴」、「強積金」、「生果金」，台灣的「陸生」、「拜票」、「走路工」。

香港是世界大都會，是國際金融中心，流通着很多香港社區詞。

例如，關於股票的詞語，就有不少生動的説法：

金魚缸	形象地比喻位於香港中環的中央交易所，是股票交投之地。
大閘蟹	大閘蟹是秋天香港人愛吃的美味。大閘蟹被草繩捆綁着，動彈不得，這種樣子被形容為股票市場下跌時，被股票、證券捆綁住的小股民。「大閘蟹」由此多了個比喻義。
鱷魚潭	股市上下波動未卜，投資者可能會血本無歸，如跌入鱷魚潭般險惡。能在股票市場興風作浪的，就被比喻為「大鱷」。
牛市	股票升。
熊市	股票跌。
魚市	股市忽高忽低。內地叫「猴市」。

還有很多和香港社會生活直接有關係的社區詞。住房是香港市民最關心的問題，在香港，有各類不同房屋的名稱，諸如：「公屋」、「居屋」、「丁屋」；還有居住條件不佳或居住擁擠的「籠屋」、「劏房」、「板間房」；條件好的「私人物業」叫「豪宅」；臨海具有「無敵海景」的叫「海景樓」。這些不同的房屋名稱，都在香港社會流通。新加坡政府為解決房屋問題，興蓋的是「組屋」；與「公屋」、「組屋」差不多的情況，中國內地叫「經濟適用房」，台灣叫「國民住宅」。

在使用現代漢語的不同社會區域，流通着不同的社區詞。世界進入互聯網時代，我們要和各地的中國人交流，要和世界各地的華人交流，就要注意擴大自己的詞彙量，開闊眼界，熟

悉和瞭解其他社區的社區詞。

中國內地、香港、台灣社區詞舉例：

中國內地	香港	台灣
經濟適用房	公屋、居屋	國民住宅
志願者	義工	志工
地鐵	地鐵	捷運
知識產權	知識產權	智慧財產權
公安局、派出所	警署	警察局、派出所

三、練習

1. 朗讀下列詞語，並為詞語中的「一」、「不」標出它們的變調。

  （　）   （　）   （　）   （　）

（1）一杯 （2）唯一 （3）一會兒 （4）第一

  （　）   （　）（　） （　）（　） （　）（　）

（5）說一說 （6）一心一意 （7）一模一樣 （8）一朝一夕

  （　）   （　）   （　）   （　）

（9）不對 （10）不好 （11）對不起 （12）差不多

  （　）（　） （　）（　） （　）（　） （　）（　）

（13）不聞不問 （14）不清不楚 （15）不見不散 （16）不離不棄

2. 試讀出下列句子，並找出「啊」的實際讀音，用線將二者相連。

(1)　打招呼啊！　　　　　　　　　　　　　•　　　　•　na

(2)　你多吃點兒，別客氣啊！　　　　　•

(3)　他是誰啊！　　　　　　　　　　　　　•　　　　•　ra

(4)　你說啊！　　　　　　　　　　　　　　•

(5)　兒子啊，天氣冷了，要多穿點兒。　•　　　　•　wa

(6)　你快去報名啊！　　　　　　　　　　•

(7)　你這個人真粗心啊！　　　　　　　　•　　　　•　ya

(8)　好啊！我們一塊兒去。　　　　　　　•

(9)　別往那兒走，這小巷很暗啊。　　　•　　　　•　nga

(10)　今天是誰的生日啊！　　　　　　　•

(11)　你的錢包放哪裏了，我沒找着啊！　•　　　　•　[z]a

(12)　你怎麼才說一半兒啊？　　　　　　•

3. 請將下列韻母歸類。

a　　　ua　　　o　　　en　　　e　　　ong　　　üan　　　iou

ia　　　ueng　　　üe　　　an　　　ie　　　iong　　　in　　　u

單韻母 _____

複韻母 _____

鼻韻母 _____

第6課　普通話的輕聲和兒化韻

一、普通話語音

（一）普通話的輕聲

在普通話裏，每一個音節都有特定的聲調，但是部分音節在詞和句子中會失去它原有的聲調，變得較為模糊、短促、弱化，這就是輕聲。可以説，輕聲是普通話聲調的特殊變化。

輕聲總是附着在別的音節後面，或者加在詞語中間。輕聲音節沒有固定的音高，它的音高由前一個音節的調值決定。一般的規律是陰平（第一聲）、陽平（第二聲）字後面的輕聲比較低，上聲（第三聲）字後的輕聲最高，去聲（第四聲）字後的輕聲最低。請看下表：

（二）輕聲的規律

輕聲不是一種單純的語音現象，它跟詞彙、語法都有密切的關係。漢語中有些語法成分要讀輕聲，它們有較強的規律性。（以下加點的字讀輕聲）

1. 名詞或代詞的後綴：們、子、頭、麼。

例　我們　他們　孩子　桌子　饅頭　丫頭　什麼　怎麼
　　　▲

2. 結構助詞：的、地、得。

例 我的書 慢慢地說 做得好
▲

3. 動態助詞：着、了、過。

例 看着我 吃了飯 去過西安
▲

4. 語氣助詞：啊、嗎、呢、吧、啦。

例 好啊 好嗎 他呢 坐吧 走啦
▲

5. 疊音名詞。

例 爸爸 媽媽 哥哥 星星 娃娃
▲

6. 單音節動詞重疊的第二個音節。

例 看看 聊聊 聽聽 試試 走走
▲

7. 夾在固定結構詞組中的 「一」和「不」。

例 說一說 想一想 嚐一嚐 等一等 要不要 受不了
▲
　　管不着 想不通

8. 名詞、代詞後的方位詞 「裏」、「上」、「下」。

例 家裏 哪裏 屋裏 抽屜裏 桌上 海上 手上
▲
　　沙發上 地下 樓底下 腳底下 床底下

9. 動詞、形容詞後的趨向動詞。

例 出去 進來 過來 走出去 跑進來 拿過來
▲
　　說下去

（三） 沒有規律的輕聲

不少香港人認為輕聲很難學，因為有些輕聲詞是沒有規律的，如「喜歡」、「學問」、「商量」等。要掌握普通話輕聲，必須記住這些沒有規律的輕聲。其中，部分是習慣性的輕聲，部分則有區別詞義和區別詞性的作用。

1. 習慣性的輕聲

幫手 bāngshou	親戚 qīnqi	豆腐 dòufu
部分 bùfen	差事 chāishi	畜生 chùsheng
窗戶 chuānghu	湊合 còuhe	大夫 dàifu
燈籠 dēnglong	點心 diǎnxin	哆嗦 duōsuo
鑰匙 yàoshi	姑娘 gūniang	厚道 hòudao
見識 jiànshi	磨蹭 móceng	暖和 nuǎnhuo
朋友 péngyou	便宜 piányi	漂亮 piàoliang
清楚 qīngchu	認識 rènshi	商量 shāngliang
上司 shàngsi	頭髮 tóufa	休息 xiūxi
合同 hétong	折騰 zhēteng	轉悠 zhuànyou

2. 區別詞義的輕聲

		非輕聲	輕聲
（1）	大人	dàrén 敬詞：稱長輩。 （多用於書信）	dàren ① 成人。 ② 舊時稱地位高的官長。

		非輕聲	輕聲
(2)	大爺	dàyé 指不好勞動、傲慢任性的男子。	dàye ① 伯父。 ② 尊稱年長的男子。
(3)	德行	déxíng 道德和品行。	déxing 譏諷人的話，表示看不起對方的儀容、舉止、行為、作風等。
(4)	東西	dōngxī ① 方位詞：東邊和西邊。 ② 指從東到西的距離。	dōngxi ① 泛指各種具體的或抽象的事物。 ② 特指人或動物，一般含有厭惡或喜愛的感情。
(5)	廢物	fèiwù 失去原有使用價值的東西。	fèiwu 比喻沒有用的人。 （罵人的話）
(6)	精神	jīngshén ① 名詞：人的意識、思維活動和一般心理狀態。 ② 名詞：宗旨、主要的意義。	jīngshen ① 名詞：表現出來的活力。 ② 形容詞：活躍、有生氣。 ③ 形容詞：英俊，相貌、身材好。
(7)	孫子	Sūnzǐ 孫武，中國古代軍事家。	sūnzi 兒子的兒子。
(8)	實在	shízài ① 形容詞：誠實不虛假。 ② 副詞：的確。 ③ 副詞：其實。	shízai 形容詞：（工作、活兒）扎實、地道、不馬虎。
(9)	兄弟	xiōngdì 哥哥和弟弟。	xiōngdi 弟弟或年紀比自己小的男人。

3. 區別詞性的輕聲

		非輕聲	輕聲
(1)	擺設	bǎishè 動詞 把物品（多指藝術品）按照審美觀點安放。 例：把客廳的沙發和茶几**擺設**好。	bǎishe 名詞 ① 擺設的東西，多指供欣賞的藝術品。 例：客廳裏的**擺設**十分雅致。 ② 比喻中看不中用的東西。
(2)	便當	biàndāng 名詞 盒飯。	biàndang 形容詞 方便；順手；簡單；容易。 例：這裏乘車很**便當**。
(3)	大意	dàyì 名詞 主要的意思。 例：文章的段落**大意**。	dàyi 形容詞 疏忽、不注意。
(4)	地道	dìdào 名詞 在地面下掘成的交通坑道。	dìdao 形容詞 ① 真正是由名產地出產的。 ② 正宗的。
(5)	灌腸	guàncháng 動詞 一種醫療措施。	guànchang 名詞 食品，一種小吃。
(6)	花費	huāfèi 動詞 因使用而消耗掉。	huāfei 名詞 消耗的錢。
(7)	人家	rénjiā 名詞 住戶。	rénjia 代詞 自己或別人。
(8)	世故	shìgù 名詞 處世經驗。	shìgu 形容詞 處事圓滑，不得罪人。
(9)	上頭	shàngtóu 動詞 ① 舊時女子未出嫁時梳辮子，臨出嫁才把頭髮攏上去結成髮髻，叫作上頭。 ② 指喝酒後引起頭暈、頭疼。	shàngtou 名詞 ① 指上面。 ② 指上級、上司。

（四）普通話的兒化韻

「兒化韻」是指一個音節後邊帶上了捲舌元音 er。在連讀中，由於 er 常常作名詞的詞尾，於是產生了音變，er 漸漸失去了獨立性，和它前面的音節融合成一個音節，只留下因捲舌動作而產生的短而弱的兒化韻尾 -r。例如「花兒」一般讀作 huār，而不是 huā'ér。這種變化了的韻母叫兒化韻。

1. 兒化韻的功用

兒化韻主要有以下五種作用：

（1）表示特別的感情色彩（如喜愛、鄙薄、輕蔑、親切、溫和等）。

小偷兒 xiǎotōur	小流氓兒 xiǎoliúmángr	
老頭兒 lǎotóur	老伴兒 lǎobànr	大嬸兒 dàshěnr
小孩兒 xiǎoháir	慢慢兒 mànmānr	好玩兒 hǎowánr

（2）形容東西細、小、輕、微，或者時間短暫。

冰棍兒 bīnggùnr	小花兒 xiǎohuār	小狗兒 xiǎogǒur
小病兒 xiǎobìngr	小事兒 xiǎoshìr	沒事兒 méishìr
一會兒 yíhuìr	待會兒 dāihuǐr	

（3）有縮寫作用的兒化韻。

這裏 zhèli —— 這兒 zhèr		哪裏 nǎli —— 哪兒 nǎr	
明天 míngtiān —— 明兒 míngr		天氣 tiānqì —— 天兒 tiānr	

(4) 區別詞義的兒化韻。

	非兒化韻	兒化韻
風	fēng 風 空氣流動產生的現象。 例: 我們在沙灘上走着，吹着海**風**，真舒服。	fēngr 風兒 消息、風聲。 例: 你收到什麼加工資的**風**兒了？
末	mò 末 東西的梢、盡頭。 例: 上世紀**末**，這裏曾發生過一場瘟疫。	mòr 末兒 粉末。 例: 把藥研成**末**兒。
白麵	báimiàn 白麵 小麥磨成的粉。 例: 我最愛吃用**白麵**做的饅頭。	báimiànr 白麵兒 指作為毒品的海洛因。因為是白色晶體粉末，所以叫白麵兒。 例: **白麵**兒是毒品，年輕人別因為好奇而嘗試。
半天	bàntiān 半天 時間長。 例: 等了**半天**，他還是沒來。	bàntiānr 半天兒 一個上午或者一個下午。 例: 用**半天**兒的時間就可以把活兒做完。
火星	huǒxīng 火星 太陽系八大行星之一。 例: 他最大的夢想是可以到**火星**去旅行。	huǒxīngr 火星兒 極小的火。 例: 鐵錘打在石頭上，迸出了不少**火星**兒。
沒門	méi mén 沒門 沒有門。 例: 這房子**沒門**，怎麼進去呀？	méiménr 沒門兒 ① 沒有門路，沒有辦法。 ② 表示不可能。 ③ 表示不同意。 例: 你想走後門兒？**沒門**兒！
一點	yī diǎn 一點 時間單位。 例: 現在已經是凌晨**一點**了，你怎麼還不睡？	yìdiǎnr 一點兒 表示少量。 例: 你別把這**一點**兒小事兒放在心裏。

(5) 區別詞性的兒化韻。

	非兒化韻	兒化韻
包	bāo 包 動詞：用紙、布等把東西裹起來。 例：把聖誕禮物**包**起來。	bāor 包兒 名詞：裝東西的口袋。 例：他把東西全都放進**包**兒裏了。
火	huǒ 火 ① 名詞：物體燃燒時發出的光焰。 ② 名詞：火氣。 例：你老吃火鍋，很容易上**火**。	huǒr 火兒 ① 動詞：生氣、發怒。 ② 名詞：怒氣。 例：還沒說幾句，他的**火**兒就上來了。

2. 兒化韻的讀法

香港人學兒化韻時主要有兩個難點，一是不會捲舌，二是捲舌的時間沒有掌握好。發兒化韻時，要在發元音的同時捲舌，若等發完韻母再捲舌，那就成了兩個音節，就不是兒化韻了。如：白兔兒，應該發成 báitùr 而不是 báitù'ér；筆尖兒，應該發成 bǐjiār 而不是 bǐjiān'ér。

要想學好兒化韻，必須注意兒化韻在實際發音時會發生改變或失去韻尾的現象。兒化韻的發音規律如下：

(1) 韻母是 a, o, e, u, ia, ua, ao, ou, uo, iao, iou 的音節：主要元音或韻尾基本不變，加捲舌動作。

例

板擦兒 bǎncār　　挨個兒 āigèr　　水珠兒 shuǐzhūr

山坡兒 shānpōr　　一下兒 yíxiàr　　幹活兒 gànhuór

豆芽兒 dòuyár　　土豆兒 tǔdòur

(2) 韻母是 i, ü 的音節：保留 i, ü，在後加上 er。

例 墊底兒 diàndǐr — diàndǐer　小魚兒 xiǎoyúr — xiǎoyúer

　　小旗兒 xiǎoqír — xiǎoqíer　　有趣兒 yǒuqùr — yǒuqùer

(3) 韻母是 -i（即與舌尖前聲母 z, c, s 和舌尖後聲母 zh, ch,
sh 拼合的 -i）的音節：失去原韻母 -i，變成了 er。

例 魚刺兒 yúcìr — yúcer　　　寫字兒 xiězìr — xiězer

　　樹枝兒 shùzhīr — shùzher　果汁兒 guǒzhīr — guǒzher

(4) 韻母以 i, -n 為韻尾的音節（韻母 in,ün 除外）：失去韻尾 i,
-n，變成主要元音加捲舌動作。

例 一塊兒 yíkuàir — yíkuàr　　小孩兒 xiǎoháir — xiǎohár

　　一點兒 yìdiǎnr — yìdiǎr　　好玩兒 hǎowánr — hǎowár

(5) 韻母以 -ng 為韻尾的音節（韻母 ing 除外）：失去韻尾 -ng，
前面主要元音鼻化（用 ~ 表示鼻化），同時加上捲舌動作。

例 藥方兒 yàofāngr — yàofãr

　　沒空兒 méikòngr — méikõr

　　蜜蜂兒 mìfēngr — mìfẽr

　　長相兒 zhǎngxiàngr — zhǎngxiãr

(6) 韻母是 in, ün, ing 的音節：in, ün 失去韻尾 -n，主要元
音加上 er；ing 失去韻尾 -ng，主要元音加上 er。

例 手印兒 shǒuyìnr — shǒuyìer

　　花裙兒 huāqúnr — huāqúer

　　沒勁兒 méijìnr — méijìer

　　使勁兒 shǐjìnr — shǐjìer

電影兒 diànyǐngr — diànyǐer

花瓶兒 huāpíngr — huāpíer

二、知識窗：漢語詞彙的瑰寶 —— 成語

　　成語是人們長期以來慣用的、簡潔精闢的、已經定型的短語，不僅數量大，而且富有表現力。要注意的是，粵語裏的成語有時與普通話的成語僅有一字之差，例如：普通話說「包羅萬象」，粵語說「包羅萬有」；普通話說「異想天開」，粵語說「妙想天開」。以下附有粵普成語對照表，以助大家瞭解對比。

常見粵普成語對照表

粵語	普通話	例子
一日到黑	一天到晚	他一天到晚忙個不停。
三心兩意	三心二意	你別再三心二意了！
豬朋狗友	狐朋狗友	他交了一群狐朋狗友。
轉彎抹角	拐彎抹角	別拐彎抹角了，直說吧！
窿窿罅罅	犄角旮旯兒	我犄角旮旯兒都翻遍了，還是沒有。
妙想天開	異想天開	你真是異想天開。
時來運到	時來運轉	你真是時來運轉了。
行雷閃電	電閃雷鳴	冬天電閃雷鳴不正常。
水浸眼眉	火燒眉毛	都火燒眉毛了，你還磨蹭！
有頭有面	有頭有臉	那可是個有頭有臉的人物。
過橋抽板	過河拆橋	過河拆橋的事可不能幹。
神乎其技	神乎其神	他表演的魔術神乎其神。

粵語	普通話	例子
牛高馬大	人高馬大	他人高馬大，力氣也大。
花哩胡碌	花裏胡哨	她穿得花裏胡哨的。
蛇頭鼠眼	獐頭鼠目	那個人長得獐頭鼠目的。
多除少補	多退少補	先交這些錢，到時多退少補。

三、練習

1. 成語接龍：

　　請你將以下 33 條成語的拼音譯成漢字，然後由「一帆風順」的「順」字開始，將餘下的 30 條成語全部填入圖中。注意每個成語的第一個字必須和前一個成語的最後一個字相同並重疊。

（1）yìfān-fēngshùn　船掛滿帆，一路順風而行。

（2）shùnshǒu-qiānyáng　比喻乘機取走他人財物。

（3）yángrù-hǔkǒu　比喻置身於危險的境地，必死無疑。

（4）kǒuruò-xuánhé　說起話來像瀑布一樣滔滔不絕。比喻能言善辯。

（5）héqīng-hǎiyàn　比喻天下太平。

（6）yàn'ān-zhèndú　指貪圖安逸享樂等於飲毒酒自殺。

（7）dúshé-měngshòu　泛指對人類生命有威脅的動物。比喻殘暴者。

（8）shòujù-niǎosàn　比喻聚散無常。也比喻烏合之眾。

（9）sàndài-héngmén　指退官閒居或過隱居生活。

（10）méndāng-hùduì　舊時指男女雙方的社會地位和經濟情況相當，結親很適合。

（11）duìjiǔ-dānggē　原意指人生時間有限，應有所作為。後也用來指及時行樂。

（12）gēwǔ-shēngpíng　邊歌邊舞，慶祝太平。有粉飾太平的意思。

（13）píngdàn-wúqí　指事物或詩文平平常常，沒有吸引人的地方。

（14）qízhēn-yìbǎo　珍異難得的寶物。

（15）bǎodāo-bùlǎo　比喻雖然年齡已大或脫離本行已久，但功夫技術並沒減退。

（16）lǎotài-lóngzhōng　形容年老體衰，行動不靈便。

（17）zhōnggǔ-zhuànyù　形容富貴豪華的生活。

（18）yùchéng-qíshì　成全某件好事。

（19）shìbú-guòsān　指同樣的事不宜連做三次。

（20）sānrén-chénghǔ　比喻說的人多了，就能使人們把謠言當事實。

（21）hǔkǒu-táoshēng　比喻逃脫極危險的境地僥倖活下來。

（22）shēnghuā-miàobǐ　比喻傑出的寫作才能。

（23）bǐfá-kǒuzhū　從口頭和書面上對壞人壞事進行揭露和聲討。

（24）zhūbào-tǎonì　討伐兇暴、叛逆之人。

（25）nì'ěrzhīyán　聽起來不舒服的話（多指尖銳、中肯的勸告或批評）。

（26）yánguīyúhǎo　指彼此重新和好。

（27）hàoyì-wùláo　貪圖安逸，厭惡勞動。

（28）láokǔ-gōnggāo　出了很多力，吃了很多苦，立下了很大的功勞。

（29）gāobùkěpān　形容難以達到。也形容人高高在上，使人難以接近。

（30）pānlóng-fùfèng　指巴結投靠有權勢的人以獲取富貴。

（31）fènggē-luánwǔ　神鳥歌舞。比喻美妙的歌舞。

（32）wǔwén-nòngmò　故意玩弄文筆。原指曲引法律條文作弊。後常指玩弄文字技巧。

（33）mòshǒu-chéngguī　指思想保守，守着老規矩不肯改變。

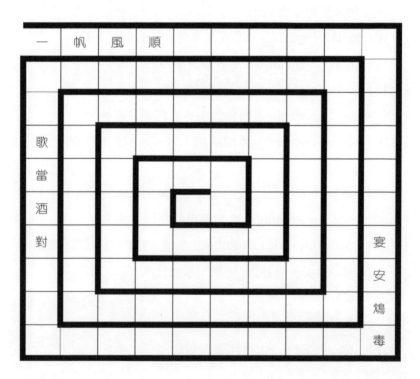

2. 粵語的成語與普通話的成語，常常只有一字之差，你知道以下成語的普通話說法嗎？把答案寫在橫線上。

	粵語成語	普通話成語
（1）	一時三刻	一時___會
（2）	三番四次	三番___次
（3）	坐吃山崩	坐吃山___
（4）	加鹽加醋	添___加醋
（5）	不經不覺	不___不覺
（6）	急不及待	___不及待
（7）	有頭有面	有頭有___
（8）	天花龍鳳	天花_____

3. 把下面應該讀作輕聲的詞語圈出來。

（1）啞巴 （2）腦袋 （3）擬聲 （4）調節 （5）漂亮 （6）投靠

（7）鮮明 （8）餃子 （9）海島 （10）名字 （11）假設 （12）厚道

4. 普通話中的「子」。

　　普通話中很多帶「子」字的詞都讀輕聲，如「鼻子」、「椅子」。但有不少人誤以為凡是有「子」的詞都讀輕聲。其實，讀輕聲的「子」大多數都是後綴，沒有實際意義。但有些帶「子」的詞，「子」字有實際意義，不能讀輕聲，一定要讀原調。如「蓮子」的「子」，意思是「蓮蓬的子」；「男子」的「子」指「人」。請在橫線上寫出「子」字的漢語拼音，再把它讀出來：

(1)　這把梳子_____很漂亮。

(2)　原子_____彈的威力很大。

(3)　他沒事的時候很喜歡嗑瓜子_____。

(4)　女子_____中學不收男生。

(5)　王先生不喜歡吃栗子_____。

(6)　田先生喜歡讀《孫子_____兵法》。

(7)　杯子_____、被子_____不分是廣東人常見的毛病。

(8)　子_____曰：「學而時習之，不亦說乎？」

5. 下列句子中，選出哪個劃線詞是輕聲詞。

(1)　A　老地方見!

　　　B　總書記是中央領導，省長是地方幹部。

(2)　A　他們兄弟倆都來了。

　　　B　兄弟，幫幫忙好嗎？

(3)　A　你一定要把這篇文章的段落大意搞清楚。

　　　B　你太大意了，怎麼會不見了呢!

(4)　A　他以為他老子天下第一呀。

　　　B　老子是著名的思想家。

(5)　A　買賣雙方一定要坐下來好好兒談判。

　　　B　我們是小買賣，怎麼能賺大錢。

6. 讀一讀句子，在需要的橫線上加「兒」，不需要加「兒」的
打 ×。

（1） 李先生說：我今天有空＿＿＿＿，請你們吃飯吧。

（2） 那個穿西裝的是我們的頭＿＿＿＿，他是潮州人＿＿＿＿。

（3） 小明撞到了桌子，頭上起了一個大包＿＿＿＿。

（4） 太太下個月過生日，我想買個包＿＿＿＿給她。

（5） 我最近工作壓力大，常常頭＿＿＿＿疼。

下部

qíngjǐng　duìhuà

情景對話

第 1 課 呼吸系統疾病
Respiratory Disease/Disorders*

掃碼聽錄音

一、課文 🎧 1-1

> shànghūxīdào gǎnrǎn
> （一）上呼吸道 感染 Upper Respiratory Tract Infection

yīshēng　　nǐ nǎr bù shūfu
醫生：你 哪兒 不 舒服？

bìngrén　　tóuyūn　xiōngmèn　ěxin　qìjí　quánshēn suāntòng
病人：頭暈， 胸悶 ，噁心，氣急， 全身　 酸痛 。

yīshēng　　jǐ tiān le　fāshāo ma
醫生：幾 天 了？ 發燒 嗎？

bìngrén　　sì-wǔ tiān le　kǒugān　hóulóng yǎng　késou yǒu tán
病人：四五 天 了。 口乾 ， 喉嚨 　癢 ，咳嗽 有 痰，

　　　　tán hěn niánchóu　bízi tòu bu guò qì　liú bítì　bù
　　　　痰 很 黏稠 。鼻子 透 不 過 氣，流 鼻涕，不

　　　　tíng de dǎ pēntì　yízhènr lěng yízhènr rè　bù xiǎng chī
　　　　停 地 打 噴嚏。一陣兒 冷 一陣兒 熱，不 想 吃

　　　　dōngxi
　　　　東西 。

yīshēng　　kànguo yīshēng ma　jiēchùguo qínniǎo ma　yǒu méiyǒu
醫生：看過 醫生 嗎？接觸過 禽鳥 嗎？有 沒有

---

* 因各地區醫學用語有異，為便於比對，特加入部分英文表述。

qùguo wàidì
去過　外地？

病人：
bìngrén qiántiān zài jiā fùjìn de zhěnsuǒ nále diǎnr yào chīle
前天 在 家 附近 的 診所 拿了 點兒 藥，吃了
liǎng tiān le hái bú jiànhǎo
兩 天 了，還 不 見 好。

yīshēng kànle bìngrén de yānhóu bìng zuòle tīngzhěn
（醫生 看了 病人 的 咽喉 並 做了 聽診）

醫生：
yīshēng wǒ gěi nǐ kāi gè huàyàndān nǐ xiān qù yàn yí xià xiě
我 給 你 開 個 化驗單 ，你 先 去 驗 一下 血，
zuò gè yānhóu fēnmìwù jiǎnchá zài qù pāi gè fèibù
做 個 咽喉 分泌物 檢查 ，再 去 拍 個 肺部 X
guāngpiān ba
光片 吧。

bìngrén zuòle gè xiàng jiǎnchá hòu qùle bàogào
（病人 做了各 項 檢查 後 取了 報告）

yīshēng nǐ shì bìngdú yǐnqǐ de shànghūxīdào gǎnrǎn súchēng
醫生： 你是 病毒 引起 的 上呼吸道 感染 ， 俗稱

pǔtōng gǎnmào fèibù méishìr fúyòng jǐ tiān duìzhèng
普通 感冒 ，肺部 沒事兒。服用 幾天 對症

de yào xiāngxìn huì hǎo de duō hē shuǐ duō xiūxi
的 藥， 相信 會 好 的。多 喝 水， 多 休息，

chī qīngdàn de dōngxi bǎochí shìnèi kōngqì liútōng
吃 清淡 的 東西。保持 室內 空氣 流通。

bìngrén shì qínliúgǎn huò liúgǎn ma
病人： 是 禽流感 或 流感 嗎？

yīshēng gēnjù chūbù huàyàn jiǎnchá jiéguǒ lái kàn bú xiàng shì
醫生： 根據 初步 化驗 檢查 結果 來 看，不 像 是

qínliúgǎn huò liúgǎn dàn xiànzài shì liúgǎn de gāofā
禽流感 或 流感。但 現在 是 流感 的 高發

jìjié nǐ xiān chī yào guānchá liǎng tiān rúguǒ shāo bú
季節，你 先 吃 藥 觀察 兩 天。如果 燒 不

tuì jiù yào jìnyíbù jiǎnchá
退，就 要 進一步 檢查 。

bìngrén xièxie nín
病人： 謝謝 您！

yīshēng búyòng xiè
醫生： 不用 謝。

xiàochuǎn
（二） 哮喘 Asthma

bìngrén yīshēng nín kāi de yào wǒ chīwán le dàn wǒ háishi
病人： 醫生，您 開 的 藥 我 吃完 了，但 我 還是

chuǎn de hěn lìhai
喘 得 很 厲害。

醫生：你先去做一個血常規檢查，看看炎症控制住了沒有。

（病人取來化驗結果）

病人：醫生，化驗報告有問題嗎？

醫生：白血球還是高，呼吸道還有炎症。你拿這個處方去藥房取藥吧。我給你開了一支噴霧劑。噴霧劑不能常用，要按說明書的劑量和方法使用。另外再用一些祛痰的藥。

病人：我的哮喘能不能治好？

醫生：根治很難。但只要預防感染，注意保暖和休息，提高身體的抵抗力，哮喘就能得到有效的控制。

病人：怎麼會引起哮喘的呢？

醫生：病毒或細菌侵入呼吸道引發的感染是引起哮喘的常見病因。有的人對

chén'āi　huāfěn　guǒrénr　yú　xiā　xiè　jīdàn děng
塵埃 、 花粉 、 果仁兒、 魚 、 蝦 、 蟹 、 雞蛋 等

wùzhì guòmǐn　huò bú shìdàng yùndòng　dōu huì yǐnfā
物質 過敏 ， 或 不 適當　 運動 ， 都 會 引發

xiàochuǎn
哮喘 。

bìngrén　　wǒ shízài shì bèi zhège bìng zhémó de hěn tòngkǔ
病人 ： 我 實在 是 被 這個 病 折磨 得 很 痛苦 。

yīshēng　　nǐ zuìhǎo zài chūn　qiū jìjié kāishǐ qián jiù qù zhùshè
醫生 ： 你 最好 在 春 、 秋 季節 開始 前 就 去 注射

yùfáng liúgǎn hé fèiyán de yìmiáo　zhè duì nǐ shì yǒu
預防 流感 和 肺炎 的 疫苗 ， 這 對 你 是 有

bāngzhù de　dàn nǐ xiànzài yǒu gǎnrǎn　děng bìngqíng
幫助 的。但 你 現在 有 感染 ， 等　 病情

kòngzhì zhù le zài qù dǎ yùfángzhēn
控制 住 了 再 去 打 預防針 。

bìngrén　　hǎo de　xièxie nín
病人 ： 好 的。謝謝 您 !

二、詞語 🎧1-2

（一）課文詞語

頭暈 tóuyūn	噁心 ěxin	酸痛 suāntòng
喉嚨 hóulóng	咳嗽 késou	黏稠 niánchóu
鼻涕 bítì	噴嚏 pēntì	聽診 tīngzhěn
化驗單 huàyàndān	分泌物 fēnmìwù	病毒 bìngdú
呼吸道 hūxīdào	感染 gǎnrǎn	對症 duìzhèng
禽流感 qínliúgǎn	哮喘 xiàochuǎn	噴霧劑 pēnwùjì

劑量 jìliàng　　祛痰 qūtán　　保暖 bǎonuǎn

抵抗力 dǐkànglì　　控制 kòngzhì　　細菌 xìjūn

塵埃 chén'āi　　花粉 huāfěn　　果仁兒 guǒrénr

過敏 guòmǐn　　折磨 zhémó　　季節 jìjié

肺炎 fèiyán　　疫苗 yìmiáo

（二）補充詞語

增強 zēngqiáng　　脫敏 tuōmǐn　　治療 zhìliáo

痊癒 quányù　　勞累 láolèi　　臥床 wòchuáng

受寒 shòuhán　　蛋白質 dànbáizhì

三、粵普對照 🎧 1-3

粵	普
劼賴賴 / 好劼	無力 wúlì / 乏力 fálì
食藥	吃藥 chī yào
冇胃口	沒食慾 méi shíyù
反胃	噁心 ěxin
火酒	酒精 jiǔjīng
眼瞓	發睏 fākùn
好耐	很久 hěn jiǔ
睇醫生	看醫生 kàn yīshēng / 看病 kànbìng
吊鹽水	打點滴 dǎ diǎndī / 輸液 shūyè

粵	普
整高衣袖	把袖子擼上去 bǎ xiùzi lū shangqu
探熱	量體溫 liáng tǐwēn
頸渴	口渴 kǒukě
打乞嗤	打噴嚏 dǎ pēntì
聲沙	嗓子啞了 sǎngzi yǎ le
㩒住針窿	摁着針眼兒 ènzhe zhēnyǎnr
揸實拳頭	攥緊拳頭 zuànjǐn quántou

四、練習

1. 選詞填空並朗讀。

　　肺是個和外界（　　）的開放性器官，人在（　　）、
（　　）、（　　）、（　　）等情況下，甚至在（　　）的環
境中，都容易被（　　）入侵而患病。另一種情況是與已得
病的患者（　　）而受到（　　）。

參考詞語：

　① 疲倦　② 忽冷忽熱　③ 細菌或病毒　④ 密切接觸
　⑤ 傳染　⑥ 睡眠不足　⑦ 相通　⑧ 情緒低落　⑨ 受涼

2. 兩人一組，一個人扮演病人，一個人扮演配藥員，完成給藥
提示會話練習。

參考詞語：

　白色藥片　服用　消炎藥　每天四次　每次一片　含片

退燒　膠囊　臨睡前　抗過敏　止咳　每次一格　冰箱
搖一下

3. 用普通話說出下列句子。

(1) 近排個人，成日劫賴賴，食嘢又冇味，唔知有咗咩病？

(2) 頭暈身熱，流鼻水，鼻塞塞，眼瞓，成家人都喺度感
冒，睇來我都領咗嘢。

(3) 成日咳，好辛苦，呢輪我都戒咗煙，好驚個肺生癌。

〈知識窗〉醫護專業用語及常見呼吸系統疾病

咯血 kǎxiě	窒息 zhìxī
肺炎 fèiyán	氣胸 qìxiōng
肺膿腫 fèinóngzhǒng	分泌物 fēnmìwù
肺功能 fèigōngnéng	壓舌板 yāshébǎn
注射器 zhùshèqì	抗生素 kàngshēngsù
肺氣腫 fèiqìzhǒng	肺結核 fèijiéhé
痰液黏稠 tányè niánchóu	血氧指數 xuèyǎng zhǐshù
呼吸困難 hūxī kùnnan	霧化吸入 wùhuà xīrù
睡眠窒息 shuìmián zhìxī	氣管插管 qìguǎn chāguǎn
胸腔積液 xiōngqiāng jīyè	呼吸衰竭 hūxī shuāijié
流行性感冒 liúxíngxìng gǎnmào	支氣管哮喘 zhīqìguǎn xiàochuǎn
支氣管擴張 zhīqìguǎn kuòzhāng	聽診器聽筒 tīngzhěnqì tīngtǒng

急性支氣管炎 jíxìng zhīqìguǎnyán

慢性支氣管炎 mànxìng zhīqìguǎnyán

非典型性肺炎 fēidiǎnxíngxìng fèiyán

上呼吸道感染 shànghūxīdào gǎnrǎn

呼吸窘迫綜合徵 hūxī jiǒngpò zōnghézhēng

慢性肺源性心臟病 mànxìng fèiyuánxìng xīnzàngbìng

原發性支氣管肺癌 yuánfāxìng zhīqìguǎn fèi'ái

禽流感病毒性肺炎 qínliúgǎn bìngdúxìng fèiyán

皮膚藥物敏感試驗 pífū yàowù mǐngǎn shìyàn

睡眠呼吸暫停低通氣綜合徵 shuìmián hūxī zàntíng dītōngqì zōng
hézhēng

第 2 課　消化系統疾病

Digestive System Disease

掃碼聽錄音

一、課文 🎧 2-1

（一）　膽囊炎　及 膽結石 Cholecystitis and Gallstone
dǎnnángyán jí dǎnjiéshí

病人 ：　醫生 ，我 這兒 經常 疼 ，今天 突然 疼 得
bìngrén　　yīshēng　wǒ zhèr jīngcháng téng　jīntiān tūrán téng de

　　　很 厲害。
　　　hěn lìhai

醫生 ：　疼 的 時候 右背 會 不 會 同時 疼 ？
yīshēng　téng de shíhou yòubèi huì bu huì tóngshí téng

病人 ：　會 ，經常 是 同時 疼。
bìngrén　huì　jīngcháng shì tóngshí téng

醫生 ：　我 開 個 單子，你 去 超聲波室 登記 預約 做
yīshēng　wǒ kāi gè dānzi　nǐ qù chāoshēngbōshì dēngjì yùyuē zuò

　　　個 超聲波 （B 超 ） 檢查。
　　　gè chāoshēngbō　chāo jiǎnchá

（ 兩 天 後 病人 取了 報告 回來 復診 ）
liǎng tiān hòu bìngrén qǔle bàogào huílai fùzhěn

醫生 ：　你 的 膽囊 內 有 兩 顆 小 結石，同時 還
yīshēng　nǐ de dǎnnáng nèi yǒu liǎng kē xiǎo jiéshí　tóngshí hái

　　　有 炎症 。
　　　yǒu yánzhèng

病人： bìngrén yào kāidāo ma
病人： 要 開刀 嗎？

醫生： yīshēng zànshí búyòng　xiān chī yí gè liáochéng de xiāoyányào
醫生： 暫時 不用 ， 先 吃 一 個 療程 的 消炎藥 。

病人： bìngrén píngshí wǒ yào zhùyì xiē shénme ne
病人： 平時 我 要 注意 些 什麼 呢？

醫生： yīshēng bù néng chī yóuzhá de shíwù　chǎo cài yě jǐnliàng shǎo
醫生： 不 能 吃 油炸 的 食物 ， 炒 菜 也 儘量 少

fàng yóu　rúguǒ tūrán chíxù jùliè téngtòng　yīnggāi
放 油 。 如果 突然 持續 劇烈 疼痛 ， 應該

mǎshàng qù yīyuàn kàn jízhěn　kěnéng shì jiéshí qiǎ zài
馬上 去 醫院 看 急診 ， 可能 是 結石 卡 在

dǎnguǎn lǐ　yǐnqǐle jùtòng　zǎocān yídìng yào chī　chī
膽管 裏 ， 引起了 劇痛 。 早餐 一定 要 吃 。 吃

zǎocān yǒu zhù yú dǎnzhī de shùnchàng páichū
早餐 有 助 於 膽汁 的 順暢 排出 。

病人： bìngrén xièxie nín
病人： 謝謝 您！

（二）胃潰瘍 Gastric Ulcer
wèikuìyáng

病人： bìngrén yīshēng　wǒ wèi téng　liǎng nián qián wǒ zuòguo
病人： 醫生 ， 我 胃 疼 。 兩 年 前 我 做過

wèijìng　shuō wǒ déle wèikuìyáng　chīle yí duàn shíjiān
胃鏡 ， 説 我 得了 胃潰瘍 ， 吃了 一 段 時間

de yào　bù téng le　bù zhī wèi shénme　zuìjìn bànyè
的 藥 ， 不 疼 了 。 不 知 為 什麼 ， 最近 半夜

huò chī fàn hòu　wèi yòu téng le
或 吃飯 後 ， 胃 又 疼 了 。

醫生： yīshēng yǒu méiyǒu tóuyūn　xīnhuāng hé chū lěnghàn
醫生： 有 沒有 頭暈 、 心慌 和 出 冷汗？

病人： 暫時 沒有。但 疼 得 很 厲害，尤其 是
晚上。

醫生： 可能 是 胃潰瘍 復發，還 要 繼續 吃 藥。飲食
方面 你 可能 疏忽 了。

病人： 最近 經常 加班， 工作 壓力 很 大，也 不
能 按時 吃 飯。

醫生：這些都會加重胃潰瘍的病情。你以後吃飯要規律，要戒煙、戒酒，不喝濃茶和濃咖啡。不能吃生冷、辛辣刺激性的食物，也不能吃油炸的東西，不喝滾燙的水、湯和粥。

病人：還要注意什麼？

醫生：一旦發現大便是黑色的，就要趕快去醫院。胃潰瘍有時會出血。建議你做一個大便隱血試驗，再預約做胃鏡檢查。到時會取一些患處的組織做活體組織檢查。

病人：我會不會得胃癌？

醫生：做了胃鏡活檢後才可以明確診斷。目前，你要好好兒休息，保證充足的睡眠，少吃多餐，不能做劇烈運動。

二、詞語 🎧 2-2

（一）課文詞語

膽囊炎 dǎnnángyán　　膽結石 dǎnjiéshí　　超聲波 chāoshēngbō

消炎 xiāoyán　　　　油炸 yóuzhá　　　　持續 chíxù

劇烈 jùliè　　　　　膽管 dǎnguǎn　　　　膽汁 dǎnzhī

胃潰瘍 wèikuìyáng　　胃鏡 wèijìng　　　　頭暈 tóuyūn

復發 fùfā　　　　　　規律 guīlǜ　　　　　刺激 cìjī

胃癌 wèi'ái　　　　　診斷 zhěnduàn

少吃多餐 shǎochī-duōcān

大便隱血試驗 dàbiàn yǐnxuè shìyàn

活體組織檢查 huótǐ zǔzhī jiǎnchá

（二）補充詞語

黃疸 huángdǎn　　　　隱痛 yǐntòng　　　　內窺鏡 nèikuījìng

便血 biànxiě　　　　黑便 hēibiàn　　　　痔瘡 zhìchuāng

排泄物 páixièwù　　　食道 shídào　　　　賁門 bēnmén

幽門 yōumén　　　　嘔吐物 ǒutùwù

上消化道 shàngxiāohuàdào

下消化道 xiàxiāohuàdào

吞嚥困難 tūnyàn kùnnan

三、粵普對照 🎧 2-3

粵	普
肚屙	拉肚子 lā dùzi
攪肚痛	肚子疼 dùzi téng
哽嚥	噎著了 yēzhe le
飆冷汗	出冷汗 chū lěnghàn
隔夜餸	隔夜小菜 géyè xiǎocài
發毛	發霉 fāméi
胃抽筋	胃痙攣 wèijìngluán
食粥	喝粥 hē zhōu
食滯	吃得太多了 chī de tài duō le
宵夜	夜宵 yèxiāo
生飛滋	口腔潰瘍 kǒuqiāng kuìyáng
打息臆	打嗝兒 dǎgér

四、練習

1. 選詞填空並朗讀。

　　經常（　　），吃飯（　　），喜歡吃（　　）食物，
加上（　　），這些因素最容易讓人患上（　　）。患
者平時會感覺（　　），嚴重的情況會（　　），並導致
（　　）、（　　）、出（　　），最終因（　　）而休克。

參考詞語：

① 冷汗　② 失血過多　③ 熬夜　④ 煎炸、酸辣生冷

⑤ 不定時　⑥ 心慌　⑦ 頭暈　⑧ 胃潰瘍　⑨ 胃疼

⑩ 胃出血　⑪ 抽煙喝酒

2. 討論時間：以下哪些習慣能更好地保護自己的腸胃？

多睡覺	多運動
少吃生冷辛辣食品	不喝牛奶
少吃多餐	吃易消化食物
不吃滾燙煎炸食品	不吃難消化食物
多吃果仁兒甜品	多吃可以刺激胃酸分泌的食物
充分咀嚼食物	細嚼慢嚥
不吃不潔淨的食物	不吃變質的食物
不吃太油膩的食物	不吃水果

3. 用普通話說出下列句子。

（1）宜家驗身好貴，啲套餐分分鐘要幾千蚊。如果唔驗，又擔心生嘢（癌），點算？

（2）你成日打嗝，一定係消化不良。你唔好食咁多嘢啦，最好每餐食七分飽。

（3）你成日貪平亂食嘢，搞壞個胃，值得咩？

〈知識窗〉醫護專業用語及常見消化系統疾病

腹瀉 fùxiè

肝功能 gāngōngnéng

胰腺炎 yíxiànyán

膽囊炎 dǎnnángyán

胃酸過多 wèisuān guòduō

食管反流病 shíguǎn fǎnliúbìng

消化道出血 xiāohuàdào chūxiě

阿米巴腸炎 āmǐbā chángyán

十二指腸潰瘍 shí'èrzhǐcháng kuìyáng

幽門螺旋桿菌 yōumén luóxuán gǎnjūn

糞便隱血試驗 fènbiàn yǐnxuè shìyàn

結核性腹膜炎 jiéhéxìng fùmóyán

細菌性食物中毒 xìjūnxìng shíwù zhòngdú

急 / 慢性腸胃炎 jí/mànxìng chángwèiyán

腸道息肉（贅生物）chángdào xīròu（zhuìshēngwù）

胃下垂 wèixiàchuí

腸結核 chángjiéhé

腸梗阻 chánggěngzǔ

膽管造影 dǎnguǎn zàoyǐng

食管狹窄 shíguǎn xiázhǎi

第3課　**心腦血管系統疾病**

Cardiovascular and Cerebrovascular Disease

掃碼聽錄音

一、課文 🎧3-1

（一）　gāoxuèyā 高血壓 Hypertension

病人 bìngrén：
我 wǒ 一直 yìzhí 在 zài 吃 chī 您 nín 開 kāi 的 de 藥 yào，怎麼 zěnme 最近 zuìjìn 我 wǒ 的 de 血壓 xuèyā
又 yòu 高 gāo 了 le？是 shì 不 bu 是 shì 要 yào 換 huàn 藥 yào？

醫生 yīshēng：
量 liáng 一 yi 量 liáng 血壓 xuèyā 吧 ba。手 shǒu 放鬆 fàngsōng，不要 búyào
緊張 jǐnzhāng。下面 xiàmiàn 的 de 舒張壓 shūzhāngyā 是 shì 90，上面 shàngmiàn
的 de 收縮壓 shōusuōyā 是 shì 150，是 shì 高了 gāole 些 xiē。最近 zuìjìn 睡 shuì 得 de 好 hǎo
嗎 ma？

病人 bìngrén：
睡 shuì 不 bu 好 hǎo。孩子 háizi 大學 dàxué 畢業 bìyè，擔心 dānxīn 他 tā 找 zhǎo 不 bu 到 dào
工作 gōngzuò，老伴兒 lǎobànr 又 yòu 病 bìng 了 le，我 wǒ 的 de 壓力 yālì 真 zhēn 的 de 很 hěn
大 dà。

<ruby>醫生<rt>yīshēng</rt></ruby>：<ruby>緊張<rt>jǐnzhāng</rt></ruby> <ruby>焦慮<rt>jiāolǜ</rt></ruby>、<ruby>睡眠<rt>shuìmián</rt></ruby> <ruby>不<rt>bù</rt></ruby> <ruby>好<rt>hǎo</rt></ruby> <ruby>都<rt>dōu</rt></ruby> <ruby>會<rt>huì</rt></ruby> <ruby>使<rt>shǐ</rt></ruby> <ruby>血壓<rt>xuèyā</rt></ruby> <ruby>升高<rt>shēnggāo</rt></ruby>。<ruby>藥<rt>yào</rt></ruby> <ruby>繼續<rt>jìxù</rt></ruby> <ruby>吃<rt>chī</rt></ruby>，<ruby>我<rt>wǒ</rt></ruby> <ruby>再<rt>zài</rt></ruby> <ruby>給<rt>gěi</rt></ruby> <ruby>你<rt>nǐ</rt></ruby> <ruby>加<rt>jiā</rt></ruby> <ruby>些<rt>xiē</rt></ruby> <ruby>安定<rt>āndìng</rt></ruby> <ruby>情緒<rt>qíngxù</rt></ruby> <ruby>的<rt>de</rt></ruby> <ruby>藥<rt>yào</rt></ruby>，<ruby>讓<rt>ràng</rt></ruby> <ruby>你<rt>nǐ</rt></ruby> <ruby>晚上<rt>wǎnshang</rt></ruby> <ruby>睡<rt>shuì</rt></ruby> <ruby>得<rt>de</rt></ruby> <ruby>好<rt>hǎo</rt></ruby> <ruby>些<rt>xiē</rt></ruby>。

<ruby>病人<rt>bìngrén</rt></ruby>：<ruby>近來<rt>jìnlái</rt></ruby> <ruby>我<rt>wǒ</rt></ruby> <ruby>還<rt>hái</rt></ruby> <ruby>常<rt>cháng</rt></ruby> <ruby>覺得<rt>juéde</rt></ruby> <ruby>氣急<rt>qìjí</rt></ruby>、<ruby>胸悶<rt>xiōngmèn</rt></ruby>、<ruby>胸口<rt>xiōngkǒu</rt></ruby> <ruby>痛<rt>tòng</rt></ruby>，<ruby>腳<rt>jiǎo</rt></ruby> <ruby>好像<rt>hǎoxiàng</rt></ruby> <ruby>也<rt>yě</rt></ruby> <ruby>有些<rt>yǒuxiē</rt></ruby> <ruby>腫<rt>zhǒng</rt></ruby>。

<ruby>醫生<rt>yīshēng</rt></ruby>：<ruby>那<rt>nà</rt></ruby> <ruby>你<rt>nǐ</rt></ruby> <ruby>再<rt>zài</rt></ruby> <ruby>做<rt>zuò</rt></ruby> <ruby>個<rt>gè</rt></ruby> <ruby>心電圖<rt>xīndiàntú</rt></ruby> <ruby>吧<rt>ba</rt></ruby>，<ruby>如果<rt>rúguǒ</rt></ruby> <ruby>呼吸<rt>hūxī</rt></ruby> <ruby>困難<rt>kùnnan</rt></ruby>、<ruby>胸骨<rt>xiōnggǔ</rt></ruby> <ruby>後<rt>hòu</rt></ruby> <ruby>疼痛<rt>téngtòng</rt></ruby>、<ruby>頭暈<rt>tóuyūn</rt></ruby>，<ruby>就<rt>jiù</rt></ruby> <ruby>趕緊<rt>gǎnjǐn</rt></ruby> <ruby>來<rt>lái</rt></ruby> <ruby>醫院<rt>yīyuàn</rt></ruby> <ruby>急診<rt>jízhěn</rt></ruby>。<ruby>你<rt>nǐ</rt></ruby> <ruby>還<rt>hái</rt></ruby> <ruby>抽煙<rt>chōuyān</rt></ruby> <ruby>嗎<rt>ma</rt></ruby>？

病人： 煙、酒我都戒了。

醫生： 不能吃太鹹的東西，少吃肉類食品，要控制體重。飲食要堅持高纖維、優質蛋白、低膽固醇、低鈉。

病人： 我的飲食一直遵守低糖、低鹽、低脂肪的原則。

醫生： 那很好，不能隨意停藥。來醫院做心電圖時，順便再做小便化驗，看看尿裏有沒有蛋白。再查一查膽固醇和其他血脂的情況。

病人： 好，我現在就去心電圖室預約。

（二）動脈粥樣硬化 Atherosclerosis

病人： 醫生，上個星期我抽了血，這是化驗報告。你看一下，這些指標都正常嗎？

醫生：你的各項指標都偏高了。
yīshēng: nǐ de gè xiàng zhǐbiāo dōu piān gāo le

病人：是膽固醇高了嗎？
bìngrén: shì dǎngùchún gāo le ma

醫生：除了好的膽固醇，其他的血脂特別是壞的膽固醇都偏高。
yīshēng: chúle hǎo de dǎngùchún, qítā de xuèzhī tèbié shì huài de dǎngùchún dōu piān gāo

病人：那要緊嗎？
bìngrén: nà yàojǐn ma

醫生：高血脂，特別是壞的膽固醇過高會導致動脈粥樣硬化，堵塞血流，造成心臟、腎臟、腦組織等重要器官供血不足。冠心病、心絞痛、心肌梗死、腦梗、脂肪肝等嚴重的疾病都與高血脂有關係。
yīshēng: gāoxuèzhī, tèbié shì huài de dǎngùchún guò gāo huì dǎozhì dòngmài zhōuyàng yìnghuà, dǔsè xuèliú, zàochéng xīnzàng, shènzàng, nǎozǔzhī děng zhòngyào qìguān gōngxuè bùzú. guānxīnbìng, xīnjiǎotòng, xīnjī gěngsǐ, nǎogěng, zhīfánggān děng yánzhòng de jíbìng dōu yǔ gāoxuèzhī yǒu guānxi

病人：那該怎麼治療呢？
bìngrén: nà gāi zěnme zhìliáo ne

醫生：要控制體重，節制飲食，少吃多油、高糖的食物，控制熱量攝入，還要多運動，不要吸煙和酗酒。
yīshēng: yào kòngzhì tǐzhòng, jiézhì yǐnshí, shǎo chī duō yóu, gāo táng de shíwù, kòngzhì rèliàng shèrù, hái yào duō yùndòng, búyào xīyān hé xùjiǔ

病人：雞蛋能吃嗎？聽說蛋黃中膽固醇
bìngrén: jīdàn néng chī ma, tīngshuō dànhuáng zhōng dǎngùchún

hánliàng hěn gāo
含量 很 高。

醫生：
měi tiān yí gè shì méi wèntí de dàn búyào yòng yóu jiān
每 天 一 個 是 沒 問題 的，但 不要 用 油 煎。

dǎngùchún yě shì cānyù shēntǐ dàixiè de zhòngyào wùzhì
膽固醇 也 是 參與 身體 代謝 的 重要 物質，

suǒyǐ yào bǎozhèng yídìng de shèrùliàng gǎnlǎnyóu
所以 要 保證 一定 的 攝入量。橄欖油、

yùmǐyóu mǐkāngyóu hányǒu fēngfù de bù bǎohé
玉米油、米糠油 含有 豐富 的 不 飽和

zhīfángsuān kěyǐ jiǎnshǎo huài dǎngùchún de chénjī
脂肪酸，可以 減少 壞 膽固醇 的 沉積，

bǎozhàng xuèguǎn de tōngchàng
保障 血管 的 通暢。

病人：
wǒ fùmǔ dōu pàng dōu yǒu gāoxuèyā xīnzàngbìng wǒ
我 父母 都 胖，都 有 高血壓、心臟病，我

de gāoxuèzhī shì bu shì yíchuán de ne
的 高血脂 是 不 是 遺傳 的 呢？

醫生：
gè rén qíngkuàng bìngyīn dōu bù tóng yìshí yě hěn nán
各 人 情況 病因 都 不 同，一時 也 很 難

quèdìng zài chī xiē jiàng xuèzhī de yào
確定。再 吃 些 降 血脂 的 藥。

病人：
hǎo de xièxie nín
好 的，謝謝 您！

二、詞語 🎧 3-2

(一) 課文詞語

高血壓 gāoxuèyā　　舒張壓 shūzhāngyā　　收縮壓 shōusuōyā

焦慮 jiāolǜ　　繼續 jìxù　　情緒 qíngxù

胸悶 xiōngmèn　　　心電圖 xīndiàntú　　　纖維 xiānwéi

膽固醇 dǎngùchún　　血脂 xuèzhī　　　　指標 zhǐbiāo

堵塞 dǔsè　　　　　冠心病 guānxīnbìng　心絞痛 xīnjiǎotòng

心肌梗死 xīnjǐ gěngsǐ　腦梗 nǎogěng　　　脂肪肝 zhīfánggān

橄欖油 gǎnlǎnyóu　　米糠油 mǐkāngyóu　　遺傳 yíchuán

動脈粥樣硬化 dòngmài zhōuyàng yìnghuà

不飽和脂肪酸 bù bǎohé zhīfángsuān

（二）補充詞語

紫紺 zǐgàn　　　　　暈倒 yūndǎo　　　　眩暈 xuànyùn

急救 jíjiù　　　　　昏迷 hūnmí　　　　　偏頭痛 piāntóutòng

反應 fǎnyìng　　　　降壓藥 jiàngyāyào　搶救 qiǎngjiù

浮腫 fúzhǒng　　　　肥胖 féipàng　　　　利尿藥 lìniàoyào

平臥 píngwò　　　　偏癱 piāntān　　　　嘴角歪斜 zuǐjiǎo wāixié

眼瞼下垂 yǎnjiǎn xiàchuí　　　生命體徵 shēngmìng tǐzhēng

三、粵普對照 3-3

粵	普
好驚	很擔心 hěn dānxīn / 害怕 hàipà
作嘔	噁心 ěxin / 想吐 xiǎng tù
晨運	早鍛煉 zǎoduànliàn

粵	普
手腳痹	手腳發麻 shǒujiǎo fāmá
發軟蹄	雙腳無力 shuāngjiǎo wúlì
肥騰騰	胖乎乎 pànghūhū
飲酒	喝酒 hē jiǔ
入院	住院 zhùyuàn
半邊身唔郁得	半身不遂 bànshēn bùsuí

四、練習

1. 兩人一組，一個人扮演高血壓患者，一個人扮演醫生，練習
   會話。

   參考詞語：

   發紫　氣急　胸悶　浮腫　心悸　眩暈　頭痛　遺傳
   心臟功能

2. 討論時間：以下哪些飲食習慣、食物種類及食用分量不符合
   高血壓患者每日的食用原則？

動物內臟	高糖食品	動物脂肪
牛油	牛奶	水果
兩三個雞蛋	一個雞蛋	油炸食品
兩塊大豬排	常喝雞湯	早餐一大勺沙律醬
餐餐喝啤酒	兩杯白酒	100 毫升葡萄酒
吃幾種蔬菜	暴飲暴食	每餐兩大碗飯菜

半隻燒雞	一整條魚（一斤重）	五十顆果仁兒
兩支雪糕	鹹魚	腐乳
快餐	蛋糕	甜食

3. 用普通話説出下列句子。

（1）我爸爸、媽媽都有血壓高，我估我嘅血壓高係佢哋遺傳畀我嘅。

（2）我呢幾年一到下晝就腳腫，醫生查咗之後同我講，係心臟功能有啲唔妥。

4. 朗讀練習。

　　高血壓病人要控制每天熱量的攝入，選用優質蛋白、低脂肪、低膽固醇、低糖、低鹽、低鈉、高鈣、高鉀的食物。不吃醃製食品，不吃動物內臟、肥肉、黃油和含反式脂肪酸的食品。水果、土豆、蘑菇等都是富含鉀的食物，新鮮蔬菜水果是補充鈣、維生素和微量元素的首選食物，魚類、雞蛋、豆製品、奶製品等都屬優質蛋白食物。

〈知識窗〉醫護專業用語及常見心腦血管疾病

腦梗 nǎogěng	房顫 fángchàn	栓塞 shuānsè
心房 xīnfáng	支架 zhījià	心室 xīnshì
動脈瘤 dòngmàiliú	腦電圖 nǎodiàntú	腦卒中 nǎocùzhòng
心電圖 xīndiàntú	腦震蕩 nǎozhèndàng	心絞痛 xīnjiǎotòng

心肌炎 xīnjīyán　　心包炎 xīnbāoyán　　冠心病 guānxīnbìng

腦血栓 nǎoxuèshuān　　　腦萎縮 nǎowěisuō

心律失常 xīnlǜ shīcháng　　心包穿刺 xīnbāo chuāncì

心內膜炎 xīnnèimóyán　　心臟起搏器 xīnzàng qǐbóqì

心力衰竭 xīnlì shuāijié　　心肌缺血 xīnjī quēxuè

心動過速 xīndòng guòsù　　心肺復甦 xīn fèi fùsū

舌下給藥 shéxià jǐyào　　搭橋手術 dāqiáo shǒushù

傳導阻滯 chuándǎo zǔzhì　　血氧飽和度 xuèyǎng bǎohédù

腦血管意外 nǎoxuèguǎn yìwài

瓣膜關閉不全 bànmó guānbì bùquán

動脈粥樣硬化 dòngmài zhōuyàng yìnghuà

肺源性心臟病 fèiyuánxìng xīnzàngbìng

風濕性心臟病 fēngshīxìng xīnzàngbìng

先天性心臟病 xiāntiānxìng xīnzàngbìng

冠狀動脈造影 guānzhuàng dòngmài zàoyǐng

眼底血管出血 yǎndǐ xuèguǎn chūxiě

蛛網膜下腔出血 zhūwǎngmó xiàqiāng chūxiě

第 4 課 泌尿系統疾病
Urologic Disease

掃碼聽錄音

一、課文 4-1

（一）尿道 感染 Urinary Tract Infection, UTI
niàodào gǎnrǎn

病人（bìngrén）：醫生（yīshēng），這（zhè）星期（xīngqī）我（wǒ）小便（xiǎobiàn）的（de）時候（shíhou）總（zǒng）感覺（gǎnjué）到（dào）尿道口（niàodàokǒu）刺痛（cìtòng）。

醫生（yīshēng）：是（shì）不（bu）是（shì）每（měi）次（cì）小便（xiǎobiàn）量（liàng）很（hěn）少（shǎo），但（dàn）又（yòu）覺得（juéde）還（hái）有（yǒu）尿（niào）沒（méi）排（pái）出來（chulai）？

病人（bìngrén）：是（shì）啊（a）！剛（gāng）上完（shàngwán）廁所（cèsuǒ），一會兒（yíhuìr）又（yòu）覺得（juéde）尿急（niàojí），而且（érqiě）小便（xiǎobiàn）很（hěn）渾濁（húnzhuó）。

醫生（yīshēng）：你（nǐ）去（qù）做（zuò）一（yí）個（gè）尿（niào）常規（chángguī）檢查（jiǎnchá）吧（ba）。明天（míngtiān）來（lái）醫院（yīyuàn）取（qǔ）中段（zhōngduàn）尿液（niàoyè）送去（sòngqù）做（zuò）細菌（xìjūn）培養（péiyǎng）、細菌（xìjūn）藥物（yàowù）敏感（mǐngǎn）試驗（shìyàn）。

（病人 做完了 檢查，拿了 報告 回來）

醫生： 尿 中 有 白血球， 數量 很 多， 這 說明 尿道 感染了 病菌。尿路 感染 的 典型 症狀 就是 尿頻、尿急 和 尿痛。

病人： 要緊 嗎？

醫生： 尿液 細菌 培養 要 等 三 天 才 能 出 報告。先 吃 一 個 星期 的 抗生素。

病人：有 沒有 後遺症？能 不 能 根治？
bìngrén　yǒu méiyǒu hòuyízhèng　néng bu néng gēnzhì

醫生：這 是 常見病 。一般 情況 下，只要 治療
yīshēng　zhè shì cháng jiànbìng　yìbān qíngkuàng xià　zhǐyào zhìliáo
　　　　徹底，注意 衛生 ，就 不 會 有 後遺症 。
　　　　chèdǐ　zhùyì wèishēng　jiù bú huì yǒu hòuyízhèng

病人：我 需要 注意 些 什麼 呢？可以 上班 嗎？
bìngrén　wǒ xūyào zhùyì xiē shénme ne　kěyǐ shàngbān ma

醫生：儘量 多 喝水， 睡眠 要 充足 。如果 不 是
yīshēng　jǐnliàng duō hē shuǐ　shuìmián yào chōngzú　rúguǒ bú shì
　　　　太 重 的 體力活兒，是 可以 上班 的。吃完
　　　　tài zhòng de tǐlìhuór　shì kěyǐ shàngbān de　chīwán
　　　　藥，一 個 星期 後 再 回來 復診 。
　　　　yào　yí gè xīngqī hòu zài huílai fùzhěn

病人：謝謝 您！
bìngrén　xièxie nín

（二）良性 前列腺 增生　Benign Prostatic Hyperplasia
liángxìng qiánlièxiàn zēngshēng

病人：醫生，您 上 次 說 前列腺 肥大（前列腺
bìngrén　yīshēng　nín shàng cì shuō qiánlièxiàn féidà　qiánlièxiàn
　　　　增生 ）不 開刀 也 能 治，那 我 的 情況
　　　　zēngshēng　bù kāidāo yě néng zhì　nà wǒ de qíngkuàng
　　　　您 覺得 開刀 好 呢，還是 不 開刀 好？
　　　　nín juéde kāidāo hǎo ne　háishi bù kāidāo hǎo

醫生：你 是 良性 的 前列腺 增生 ，先 吃藥 做
yīshēng　nǐ shì liángxìng de qiánlièxiàn zēngshēng　xiān chīyào zuò
　　　　保守 治療，如果 排尿 通暢 了， 尿量
　　　　bǎoshǒu zhìliáo　rúguǒ páiniào tōngchàng le　niàoliàng
　　　　也 正常 了，根據 檢查 的 結果 再 考慮 要
　　　　yě zhèngcháng le　gēnjù jiǎnchá de jiéguǒ zài kǎolǜ yào

bu yào zuò shǒushù zhìliáo
不 要 做 手術 治療。

bìngrén tīngshuō qiánlièxiàn zēngshēng yánzhòng de hái huì
病人： 聽説 前列腺 增生 嚴重 的 還 會

biànchéng áizhèng
變成 癌症。

yīshēng yǒu zhè zhǒng kěnéngxìng dàn yě búyào tài dānxīn
醫生： 有 這 種 可能性 ，但 也 不要 太 擔心。

bìngrén nà wǒ yào zhùyì xiē shénme ne
病人： 那 我 要 注意 些 什麼 呢？

yīshēng dì-yī yào ànshí ànliàng fúyào dì-èr yào xiūxi hǎo
醫生： 第一 要 按時 按量 服藥，第二 要 休息 好，

dì-sān yào dìngqī fùchá
第三 要 定期 復查。

bìngrén wǒ hěn dānxīn wǒ de bìng zhì bu hǎo
病人： 我 很 擔心 我 的 病 治 不 好。

yīshēng búyòng dānxīn zhìliáo fāngfǎ hěn duō liáoxiào yě hěn
醫生： 不用 擔心。治療 方法 很 多， 療效 也 很

hǎo dàn yào jiè yān jì jiǔ
好 ，但 要 戒 煙、忌 酒。

二、詞語 🎧 4-2

（一）課文詞語

尿道 niàodào　　感染 gǎnrǎn　　刺痛 cìtòng

廁所 cèsuǒ　　尿急 niàojí　　渾濁 húnzhuó

尿常規 niàochángguī　　白血球 báixuèqiú　　細菌培養 xìjūn péiyǎng

尿頻 niàopín　　尿痛 niàotòng　　後遺症 hòuyízhèng

前列腺 qiánlièxiàn　　　增生 zēngshēng　　　肥大 féidà

良性 liángxìng　　　　通暢 tōngchàng　　　定期 dìngqī

療效 liáoxiào　　　　　細菌藥物敏感試驗 xìjūn yàowù mǐngǎn shìyàn

（二）補充詞語

瘁癒 quányù　　　　　急性 jíxìng　　　　　膀胱炎 pángguāngyán

併發症 bìngfāzhèng　　慢性 mànxìng　　　　輸尿管 shūniàoguǎn

蛋白尿 dànbáiniào　　　遷移性 qiānyíxìng　　排出 páichū

膿細胞 nóngxìbāo　　　血尿 xuèniào　　　　膀胱 pángguāng

癌變 áibiàn　　　　　　刺激症狀 cìjī zhèngzhuàng

三、粵普對照 🔊 4-3

粵	普
屙尿	小便 xiǎobiàn / 撒尿 sāniào
忍尿	憋尿 biēniào
急尿	尿急 niàojí
睇吓	看看 kànkan
喺度	那裏 nàlǐ / 那地方 nà dìfang
唔使	不用 búyòng
背脊	後背 hòubèi
施手術	開刀 kāidāo / 做手術 zuò shǒushù
啲咁多	一點兒 yìdiǎnr / 很少 hěn shǎo

粵	普
生石	患結石病 huàn jiéshíbìng
飲水	喝水 hē shuǐ
腰骨痛	腰疼 yāoténg

四、練習

1. 選詞填空並朗讀。

　　慢性腎功能衰竭的（　　）很高。除了（　　）治療外，還可以採用（　　）的方法治療，通過（　　）清除血液中的（　　）和體內過多的（　　）。患者也可以（　　）屍體或活體腎臟，（　　）的 10 年（　　）達 60% 以上，不過，移植後很長一段時間都要服用（　　）。

參考詞語：

① 透析　② 藥物　③ 移植　④ 代謝廢物　⑤ 抗排斥藥物
⑥ 患病率　⑦ 滯留水分　⑧ 存活率　⑨ 腎移植
⑩ 腹膜透析

2. 用普通話說出下列句子。

（1）我真係驚驚吔怕生癌，如果中招，都唔知點算。

（2）我聽聞上咗年紀嘅男人，大部分過咗六十都有前列腺嘅病。

3. 朗讀練習。

　　這位病人的病情需要手術處理。需要家屬先簽字，然後我們把病人安排到一樓的外科病房。請家屬現在去辦理入院手續，並把病人的隨身貴重物品帶回家。等手術前的有關報告出來，家屬需要在相關文件上簽字。醫院會儘快安排手術的。

〈知識窗〉醫護專業用語及常見泌尿系統疾病

導尿 dǎoniào	腎結石 shènjiéshí	尿瀦留 niàozhūliú
腎衰竭 shènshuāijié	腎切除 shènqiēchú	腎移植 shènyízhí
中段尿 zhōngduànniào	膀胱鏡 pángguāngjìng	
尿毒症 niàodúzhèng	膀胱炎 pángguāngyán	
膀胱結石 pángguāng jiéshí	尿路梗阻 niàolù gěngzǔ	
腎盂腎炎 shènyú shènyán	尿道損傷 niàodào sǔnshāng	
尿路感染 niàolù gǎnrǎn	急性腎炎 jíxìng shènyán	
血液透析 xuèyè tòuxī	慢性腎炎 mànxìng shènyán	

腎小球腎炎 shènxiǎoqiú shènyán

腎病綜合徵 shènbìng zōnghézhēng

糖尿病腎炎 tángniàobìng shènyán

腎血管造影 shèn xuèguǎn zàoyǐng

靜脈尿路造影 jìngmài niàolù zàoyǐng

急性腎功能衰竭 jíxìng shèngōngnéng shuāijié

第 5 課　內分泌系統疾病

Endocrine System Disease

掃碼聽錄音

一、課文 🎧 5-1

（一）糖尿病　tángniàobìng　Diabetes Mellitus

病人 bìngrén：
醫生 yīshēng，我 wǒ 最近 zuìjìn 感到 gǎndào 特別 tèbié 累 lèi。雖然 suīrán 胃口 wèikǒu 很 hěn 好 hǎo，能 néng 吃 chī 能 néng 睡 shuì，但 dàn 喝 hē 很 hěn 多 duō 水 shuǐ，排 pái 很 hěn 多 duō 尿 niào。

醫生 yīshēng：
這 zhè 是 shì 典型 diǎnxíng 糖尿病 tángniàobìng 的 de 多飲 duō yǐn、多食 duō shí、多尿 duō niào、乏力 fálì 的 de 症狀 zhèngzhuàng。你 nǐ 去 qù 驗 yàn 個 gè 血糖 xuètáng，還 hái 要 yào 做 zuò 個 gè 糖耐量 tángnàiliàng 測試 cèshì。

病人 bìngrén：
上次 shàngcì 我 wǒ 驗過 yànguo 血糖 xuètáng，是 shì 7。

醫生 yīshēng：
7 已經 yǐjīng 超過 chāoguò 血糖 xuètáng 的 de 正常 zhèngcháng 指標 zhǐbiāo，正常 zhèngcháng 的 de 應該 yīnggāi 在 zài 6 以下 yǐxià。你 nǐ 每天 měi tiān 早餐 zǎocān

<ruby>前<rt>qián</rt></ruby> <ruby>和<rt>hé</rt></ruby> <ruby>飯<rt>fànhòu</rt></ruby> <ruby>後<rt></rt></ruby> <ruby>兩<rt>liǎng</rt></ruby> <ruby>小<rt>xiǎoshí</rt></ruby> <ruby>時<rt></rt></ruby> <ruby>自<rt>zìjǐ</rt></ruby> <ruby>己<rt></rt></ruby> <ruby>測<rt>cè</rt></ruby> <ruby>一<rt>yi</rt></ruby> <ruby>測<rt>cè</rt></ruby> <ruby>血<rt>xuètáng</rt></ruby> <ruby>糖<rt></rt></ruby> ，

<ruby>下<rt>xiàcì</rt></ruby> <ruby>次<rt></rt></ruby> <ruby>復<rt>fùzhěn</rt></ruby> <ruby>診<rt></rt></ruby> <ruby>時<rt>shí</rt></ruby> <ruby>把<rt>bǎ</rt></ruby> <ruby>數<rt>shùjù</rt></ruby> <ruby>據<rt></rt></ruby> <ruby>告<rt>gàosu</rt></ruby> <ruby>訴<rt></rt></ruby> <ruby>我<rt>wǒ</rt></ruby> 。

病人（bìngrén）： <ruby>我<rt>wǒ</rt></ruby> <ruby>只<rt>zhǐ</rt></ruby> <ruby>吃<rt>chī</rt></ruby> <ruby>小<rt>xiǎobàn</rt></ruby> <ruby>半<rt></rt></ruby> <ruby>碗<rt>wǎn</rt></ruby> <ruby>飯<rt>fàn</rt></ruby> ，<ruby>不<rt>bù</rt></ruby> <ruby>吃<rt>chī</rt></ruby> <ruby>水<rt>shuǐguǒ</rt></ruby> <ruby>果<rt></rt></ruby> 、 <ruby>甜<rt>tiánpǐn</rt></ruby> <ruby>品<rt></rt></ruby> ，

<ruby>為<rt>wèi</rt></ruby> <ruby>什<rt>shénme</rt></ruby> <ruby>麼<rt></rt></ruby> <ruby>血<rt>xuètáng</rt></ruby> <ruby>糖<rt></rt></ruby> <ruby>還<rt>hái</rt></ruby> <ruby>會<rt>huì</rt></ruby> <ruby>高<rt>gāo</rt></ruby> ？

醫生（yīshēng）： <ruby>糖<rt>tángniàobìng</rt></ruby> <ruby>尿<rt></rt></ruby> <ruby>病<rt></rt></ruby> <ruby>的<rt>de</rt></ruby> <ruby>病<rt>bìngyīn</rt></ruby> <ruby>因<rt></rt></ruby> <ruby>很<rt>hěn</rt></ruby> <ruby>複<rt>fùzá</rt></ruby> <ruby>雜<rt></rt></ruby> ，<ruby>多<rt>duōshù</rt></ruby> <ruby>數<rt></rt></ruby> <ruby>是<rt>shì</rt></ruby> <ruby>胰<rt>yídǎosù</rt></ruby> <ruby>島<rt></rt></ruby> <ruby>素<rt></rt></ruby>

<ruby>分<rt>fēnmì</rt></ruby> <ruby>泌<rt></rt></ruby> <ruby>功<rt>gōngnéng</rt></ruby> <ruby>能<rt></rt></ruby> <ruby>紊<rt>wěnluàn</rt></ruby> <ruby>亂<rt></rt></ruby> <ruby>引<rt>yǐnqǐ</rt></ruby> <ruby>起<rt></rt></ruby> <ruby>的<rt>de</rt></ruby> ，<ruby>也<rt>yě</rt></ruby> <ruby>有<rt>yǒu</rt></ruby> <ruby>其<rt>qítā</rt></ruby> <ruby>他<rt></rt></ruby> <ruby>的<rt>de</rt></ruby>

<ruby>原<rt>yuányīn</rt></ruby> <ruby>因<rt></rt></ruby> 。

病人： 聽説 得了 糖尿病 一輩子 都 要 吃 藥？

醫生： 一般 來 説，是 需要 長期 服藥。但 如果 血糖 不是 太 高，只要 控制 飲食、堅持 運動，血糖 是 有 可能 恢復 正常 的。

病人： 是不是 儘量 不吃 含 澱粉 的 東西？

醫生： 不是。要 根據 計算 出來 的 一天 需要 的 總熱量 來 分 餐 進食。

病人： 是不是 只 能 吃 素食？

醫生： 不是。要 保證 營養，注意 蛋白質、脂肪 和 蔬菜 的 搭配。當然 澱粉 類 主食 需要 減 量。低 糖 的 水果 也 可以 適當 地 吃 一點兒。原則 是 低 糖、低 鹽、低 油、低 脂肪。

（二） 痛風 與 高尿酸症 Gout and Hyperuricemia

盧 先生： 劉 先生，你 走路 怎麼 這麼 慢？

劉　先生：最近 大腳趾 外側　腫 了，特別　疼，鞋 也
不 能 穿。醫生 説 我 尿酸 高，
是 痛風 ，拍了 片子 ，説 那 腫起 的 是
痛風石 。

盧　先生：我 哥哥 也　尿酸 高，吃了 一　段　時間 的
藥， 好多 了。

劉　先生：是 嗎？他 腳趾 也 疼 嗎？醫生 給了
什麼 藥？

盧　先生：治 這　種 病，不 能　完全 靠 吃藥。
這 是 一 種 代謝 紊亂 引起 的 疾病。
除了 吃藥，還 要 忌口 ，很 多　東西 都
不 能 吃。

劉　先生：哪些 不 能 吃 呢？

盧　先生：嘌呤　含量　高 的 食物 不 能 吃。
海鮮　，如 魚、蝦、蟹、貝殼 類 都 是 高
嘌呤 類 食物。

劉 先生 ： 聽説 豆腐、 豆漿 、西蘭花、菇類 都 要
Liú xiānsheng　tīngshuō dòufu　dòujiāng　xīlánhuā　gūlèi dōu yào
少 吃 或 不 吃。
shǎo chī huò bù chī

盧 先生 ：對。還 不 能 喝 啤酒，不 能 吃 動物
Lú xiānsheng　duì　hái bù néng hē píjiǔ　bù néng chī dòngwù
內臟 。
nèizàng

劉 先生 ：醫生 讓 我 每 天 起碼 要 喝 2000
Liú xiānsheng　yīshēng　ràng wǒ měi tiān qǐmǎ yào hē
毫升 以上 的 水。怎麼 會 得 這個 病
háoshēng yǐshàng de shuǐ　zěnme huì dé zhège bìng
呢？
ne

盧 先生 ：很 難 説 清楚 ，還是 要 到 醫院 去
Lú xiānsheng　hěn nán shuō qīngchu　háishi yào dào yīyuàn qù
檢查 。
jiǎnchá

劉 先生 ：對，我 爺爺 就 是 患 痛風 ，他 不 肯 吃
Liú xiānsheng　duì　wǒ yéye jiù shì huàn tòngfēng　tā bù kěn chī
藥 也 不 忌口，最後 身體 很 多 地方 都
yào yě bú jìkǒu　zuìhòu shēntǐ hěn duō dìfang dōu
出了 問題。
chūle wèntí

二、詞語 5-2

（一）課文詞語

糖尿病 tángniàobìng　　乏力 fálì　　　　症狀 zhèngzhuàng

血糖 xuètáng　　　　　胰島素 yídǎosù　　分泌 fēnmì

紊亂 wěnluàn　　　　澱粉 diànfěn　　　　熱量 rèliàng

素食 sùshí　　　　蛋白質 dànbáizhì　　脂肪 zhīfáng

痛風 tòngfēng　　　尿酸 niàosuān　　　痛風石 tòngfēngshí

代謝 dàixiè　　　　忌口 jìkǒu　　　　　嘌呤 piàolìng

內臟 nèizàng　　　糖耐量試驗 tángnàiliàng shìyàn

（二）補充詞語

節食 jiéshí　　　　　卡路里 kǎlùlǐ　　　　節制 jiézhì

海鮮 hǎixiān　　　　攝入 shèrù　　　　　嗜睡 shìshuì

消瘦 xiāoshòu　　　家族史 jiāzúshǐ　　　肥胖 féipàng

終身服藥 zhōngshēn fúyào　　　高危人群 gāowēi rénqún

紅腫疼痛 hóngzhǒng téngtòng　總量控制 zǒngliàng kòngzhì

暴飲暴食 bàoyǐn-bàoshí　　　手指關節 shǒuzhǐ guānjié

三、粵普對照 🎧 5-3

粵	普
豬膶	豬肝 zhūgān
攞命	要命 yàomìng
生果	水果 shuǐguǒ
千祈唔好	千萬不要 qiānwàn búyào
滾水	開水 kāishuǐ
依時依候食藥	按時吃藥 ànshí chī yào

粵	普
打喊路	打哈欠 dǎ hāqian
唔知點	不知道怎麼樣 bù zhīdào zěnmeyàng
豆腐潤	豆腐乾 dòufugān
扯鼻鼾	打呼嚕 dǎ hūlu

四、練習

1. 討論時間。

（1）以下哪些食物痛風（高尿酸症）病人不能吃或應儘量少吃？

巧克力	雞蛋	濃肉湯
西蘭花	啤酒	牛奶
豆腐	青菜	蘋果
雞	鴨	魚
蝦	蟹	各類海鮮
洋葱	番茄	胡蘿蔔
米飯	麵條	麵包
菇類	西瓜	麥片
果醬	動物內臟	蜂蜜
汽水	黃油	餅乾

（2）出現以下哪些症狀便應該留意是否患了糖尿病？

厭食	口渴	疲倦
食慾旺盛	心情好	失眠
多尿	喝很多水	出汗
肥胖	很容易感冒	抵抗力低下
特別興奮	皮膚瘙癢	皮膚潰爛

2. 用普通話說出下列句子。

（1）我對腳好痛，行路趷吓趷吓，痛到死。

（2）食得、瞓得，又飲咁多水，點會精神咁差，成日都唔想郁。

3. 朗讀練習。

　　糖尿病和痛風是內分泌紊亂引起的終身疾病。糖尿病患者和痛風患者容易有併發症，如冠心病，腎病，牙周炎和足部潰瘍、感染、壞疽以及視網膜黃斑病變、白內障、青光眼，還有皮膚乾燥、瘙癢，患肺癌、胰腺癌、膀胱癌的概率也明顯增加。

〈知識窗〉醫護專業用語及常見內分泌系統疾病

高血糖症 gāoxuètángzhèng　　　空腹血糖 kōngfù xuètáng

高尿酸症 gāoniàosuānzhèng　　　餐後血糖 cānhòu xuètáng

X 光檢查 X guāng jiǎnchá　　　皮膚瘙癢 pífū sàoyǎng

電解質測定 diànjiězhì cèdìng

糖化血紅蛋白 tánghuà xuèhóngdànbái

甲狀腺功能亢進 jiǎzhuàngxiàn gōngnéng kàngjìn

甲狀腺功能減退 jiǎzhuàngxiàn gōngnéng jiǎntuì

痛風石內容物檢查 tòngfēngshí nèiróngwù jiǎnchá

急性痛風性關節炎 jíxìng tòngfēngxìng guānjiéyán

第6課 婦產科
Obstetrics and Gynecology

掃碼聽錄音

一、課文 6-1

chǎnqián jiǎnchá
(一) 產前 檢查 Prenatal Care

yùnfù　　yīshēng　wǒ huáiyùn hòu jīngcháng biànmì　hěn bù
孕婦：　醫生，我 懷孕 後 經常 便秘，很 不

shūfu　kěyǐ chī xièyào ma
舒服，可以 吃 瀉藥 嗎？

yīshēng　dāngrán bùxíng　nín hái yǒu nǎr bù shūfu
醫生：　當然 不行。您 還 有 哪兒 不 舒服？

yùnfù　　jiǎo zhǒng　bànyè jiǎozhǐ　xiǎotuǐ cháng chōujīn　qǐchuáng
孕婦：　腳 腫，半夜 腳趾、小腿 常 抽筋，起床

shí huì tóuyūn　zhěng tiān dōu gǎndào yāosuān-bèiténg
時 會 頭暈，整 天 都 感到 腰酸背疼。

chīle dōngxi lǎoshì xiǎng tù　wèikǒu hěn chà
吃了 東西 老是 想 吐，胃口 很 差。

yīshēng　zhè shì huáiyùn cháng jiàn de zhèngzhuàng　tóuyūn
醫生：　這是 懷孕 常 見 的 症狀。頭暈

shì yīnwèi nǐ pínxuè　jiǎo chōujīn kěnéng shì quē gài
是 因為 你 貧血，腳 抽筋 可能 是 缺 鈣，

suǒyǐ yǐnshí yào gāo gài　gāo dànbái hé dī yán　nǐ
所以 飲食 要 高 鈣、高 蛋白 和 低 鹽。你

kěyǐ shǎochī-duōcān shíwù pǐnzhǒng yào duō shūcài
可以 少吃多餐 。食物 品種 要 多，蔬菜
shuǐguǒ jī-yā-yú-ròu dōu yào chī
水果 、雞鴨魚肉 都 要 吃。

yùnfù　yīnwèi wǒ céngjīng liúguo liǎng cì chǎn　suǒyǐ wǒ tèbié
孕婦： 因為 我 曾經 流過 兩 次 產 ，所以 我 特別
hàipà huì yǒu yìwài
害怕 會 有 意外。

yīshēng　wǒ tīngle tāixīn　tiào de hěn zhèngcháng　yào bìmiǎn
醫生： 我 聽了 胎心， 跳 得 很 正常 。要 避免
jùliè de yùndòng　yě bù néng yǒu tài dà de qíngxù
劇烈 的 運動 ，也 不 能 有 太 大 的 情緒
bōdòng
波動 。

yùnfù　wǒ xiànzài jīběnshàng yǐ wòchuáng bǎotāi wéi zhǔ　měi
孕婦： 我 現在 基本上 以 臥床 保胎為 主 ，每
tiān yě huì xià chuáng huódòng yíxià
天 也 會 下 床 活動 一下。

yīshēng　　yīnggāi dào hùwài zǒuzou　shàishai tàiyáng
醫生：　應該 到 戶外 走走，　曬曬 太陽 。

yùnfù　　nà hái yào bu yào zuò chāoshēngbō jiǎnchá
孕婦：　那 還 要 不 要 做　超聲波 檢查 ？

yīshēng　　guò liǎng gè xīngqī zài zuò ba
醫生：　過 兩 個 星期 再 做 吧。

yùfáng jiēzhòng yìmiáo
（二）預防 接種 疫苗 Vaccination

Xiǎo Wén　　zhèngfǔ zhè yì nián lái yìzhí zài xuānchuán　　hūyù
小 雯：　政府 這 一 年 來 一直 在　宣傳　，呼籲

　　　　nǚshìmen qù xiāngguān jīgòu zuò fùkē jiǎnchá
　　　　女士們 去　相關　機構 做 婦科 檢查 。

Xiǎo Mǐn　　chá shénme　　shì bu shì měi gè nǚxìng dōu yào chá
小 敏：　查 什麼 ？ 是 不 是 每 個 女性 都 要 查 ？

Xiǎo Wén　　shāichá gōngjǐng'ái
小 雯：　篩查　宮頸癌 。

Xiǎo Mǐn　　wǒ cái èrshí lái suì　hái méi jiéhūn　zěnme kěnéng dé
小 敏：　我 才 二十 來 歲，還 沒 結婚　怎麼 可能 得

　　　　zhè zhǒng bìng
　　　　這 種 病 ？

Xiǎo Wén　　zhè jiù shì hěn duō rén duì zhè zhǒng bìng rènshi de
小 雯：　這 就 是 很 多 人 對 這 種　病 認識 的

　　　　wùqū
　　　　誤區 。

Xiǎo Mǐn　　tīngshuō jiǎnchá hé jiēzhòng yìmiáo de fèiyong hěn gāo
小 敏：　聽說　檢查 和 接種 疫苗 的 費用 很 高 。

Xiǎo Wén　　zhèngfǔ duì bùfen shìlíng nǚxìng jiǎnchá hé jiēzhòng
小 雯：　政府　對 部分 適齡 女性　檢查 和　接種

　　　　yùfáng gōngjǐng'ái yìmiáo shì yǒu zīzhù de　nèidì bùfen
　　　　預防　宮頸癌 疫苗 是 有 資助 的。內地 部分

城市、台灣 部分 地區、北美、歐洲、
澳洲 等 地，都 也 免費 為 婦女 接種
疫苗 了。

小敏：我 的 朋友 中 很 少 人 提起 過 檢查 的
事，是 不 是 很 麻煩？

小雯：那 是 對 宮頸癌 的 症狀 和 危害 認識
不足。其實 越 早 接種 疫苗 效果 越 好，
得 病 的 可能性 越 小。

小敏：那 你 自己 去 查 了 嗎？

小雯：查 了，疫苗 也 接種 了，而且 我 每 年 都
去 檢查 一 次。

小敏：看來 我 真 的 也 應該 去 查 一 查。

小雯：不用 害怕，選 一 個 合適 的 時間，我 可以
陪 你 去。

小敏：謝謝！

二、詞語 🎧 6-2

（一）課文詞語

懷孕 huáiyùn　　便秘 biànmì　　瀉藥 xièyào

腳趾 jiǎozhǐ　　抽筋 chōujīn　　貧血 pínxuè

流產 liúchǎn　　胎心 tāixīn　　避免 bìmiǎn

劇烈 jùliè　　情緒 qíngxù　　臥床 wòchuáng

保胎 bǎotāi　　疫苗 yìmiáo　　呼籲 hūyù

篩查 shāichá　　宮頸癌 gōngjǐng'ái　　危害 wēihài

預防接種 yùfáng jiēzhòng

（二）補充詞語

墮胎 duòtāi　　水腫 shuǐzhǒng　　催產 cuīchǎn

羊水 yángshuǐ　　難產 nánchǎn　　哺乳 bǔrǔ

預產期 yùchǎnqī　　妊娠 rènshēn　　避孕藥 bìyùnyào

抗體 kàngtǐ　　下肢痙攣 xiàzhī jìngluán

母乳餵養 mǔrǔ wèiyǎng　　雙胞胎 shuāngbāotāi

遺傳因子 yíchuán yīnzǐ　　試管嬰兒 shìguǎn yīng'ér

先兆流產 xiānzhào liúchǎn　　先天不足 xiāntiān bùzú

基因測定 jīyīn cèdìng　　早產兒 zǎochǎn'ér

親子鑒定 qīnzǐ jiàndìng

三、粵普對照 🎧 6-3

粵	普
馱仔	懷孕 huáiyùn
懵查查	稀裏糊塗 xīlihútu
生仔	生孩子 shēng háizi
後尾	後來 hòulái
唔使驚	不用害怕 búyòng hàipà
同埋你去	和你一起去 hé nǐ yìqǐ qù
講唔明	講得不清楚 jiǎng de bù qīngchu
七星仔	早產兒 zǎochǎn'ér
冇耐	沒多久 méi duō jiǔ
坐月	坐月子 zuò yuèzi
落仔	人工流產 réngōng liúchǎn
嘔奶	吐奶 tùnǎi / 漾奶 yàngnǎi
孖胎	雙胞胎 shuāngbāotāi
整高件衫	把衣服撩起來 bǎ yīfu liāo qilai
戒奶	斷奶 duànnǎi
奶樽	奶瓶 nǎipíng
凍嚫	著涼 zháoliáng
除低	脫掉 tuōdiào / 摘下來 zhāi xialai

四、練習

1. 討論時間：哪些是懷孕期間的合理飲食安排？

（1）儘量多吃，讓胎兒充分吸收營養，出生時超過正常體重標準。

（2）儘量少吃，分娩時會比較順利，並減少痛苦。

（3）多吃蔬菜水果，同時要吃雞、鴨、魚、肉、蛋類等含高蛋白的食物。

（4）只要天天吃魚，其他種類的食品吃不吃都不重要。

2. 兩人一組，一人扮演孕婦，一人扮演醫生，談談產前檢查的必要性。

參考詞語：

健康　孕產史　胎兒　分娩　流產　早產　死胎　懷孕
生殖系統　肝腎疾病　血液病　妊娠　胎盤　羊水異常
措施

3. 用普通話說出下列句子。

（1）生仔真係好辛苦，教仔仲攞命，諗落都驚。

（2）平日佢食嘢好揀擇，宜家有咗更加奄尖，真係攞佢冇符。

4. 朗讀練習。

　　孕婦在懷孕過程中會出現很多不適。懷孕期會感到疲倦、嘔吐、厭食、嗜睡、腰酸背痛，同時會出現貧血、頭暈、高血壓、血糖升高、下肢浮腫等症狀。產後同樣會出現很多病症，如產後出血、產後憂鬱症等。

〈知識窗〉醫護專業用語及常見婦產科疾病

引產 yǐnchǎn　　　乳腺 rǔxiàn　　　　胎盤 tāipán

卵巢 luǎncháo　　　刮宮 guāgōng　　　排卵 páiluǎn

痛經 tòngjīng　　　臍帶 qídài　　　　分娩 fēnmiǎn

葡萄胎 pútaotāi　　宮外孕 gōngwàiyùn　輸卵管 shūluǎnguǎn

剖腹產 pōufùchǎn　盆腔炎 pénqiāngyán　外陰炎 wàiyīnyán

前置胎盤 qiánzhì tāipán　　　產褥感染 chǎnrù gǎnrǎn

先兆子癇 xiānzhào zǐxián　　　胎位不正 tāiwèi bú zhèng

不孕不育 búyùn-búyù　　　　　人工受孕 réngōng shòuyùn

子宮頸炎 zǐgōngjǐngyán　　　　子宮脫垂 zǐgōng tuōchuí

卵巢腫瘤 luǎncháo zhǒngliú　　產後憂鬱症 chǎnhòu yōuyùzhèng

滴蟲性陰道炎 dīchóngxìng yīndàoyán

老年性陰道炎 lǎoniánxìng yīndàoyán

子宮內膜異位 zǐgōng nèimó yìwèi

胎盤早期剝離 tāipán zǎoqī bōlí

妊娠合併綜合徵 rènshēn hébìng zōnghézhēng

兒科疾病
Pediatric Disease

掃碼聽錄音

一、課文 7-1

（一）兒童 營養 Children Nutrition
értóng yíngyǎng

Xióng tàitai
熊　太太：
我 孩子 都 三 歲 了，體重 比 同班 同學
wǒ háizi dōu sān suì le　tǐzhòng bǐ tóngbān tóngxué

輕 ，個兒 小，臉色 差 ， 晚上 睡覺 手
qīng　gèr xiǎo　liǎnsè chà　wǎnshang shuìjiào shǒu

腳 冰涼 冰涼 的，頭 上 還 出 很 多
jiǎo bīngliáng bīngliáng de　tóu shang hái chū hěn duō

汗 。
hàn

Hóng tàitai
洪　太太：
我 孩子 也 這樣 ，特別 容易 感冒 。還 不
wǒ háizi yě zhèyàng　tèbié róngyì gǎnmào　hái bú

愛 動 ，不 像 其他 孩子 活蹦亂跳 的。
ài dòng　bú xiàng qítā háizi huóbèng-luàntiào de

Xióng tàitai
熊　太太：
是 嗎？現在 是 不 是 好 點兒 了？
shì ma　xiànzài shì bu shì hǎo diǎnr le

Hóng tàitai
洪　太太：
去 醫院 檢查過 。醫生 說 是 貧血，
qù yīyuàn jiǎncháguo　yīshēng shuō shì pínxuè

嚴重 的 營養 不良 。
yánzhòng de yíngyǎng bùliáng

Xióng tàitai
熊 太太：nà nǐ ràng tā duō chī xiē dōngxi ya
那 你 讓 他 多 吃 些 東西 呀。

Hóng tàitai
洪 太太：tā chī de dàoshì bù shǎo　ài chī kuàicān　yóuzhá de
他 吃 得 倒是 不 少。愛 吃 快餐、油炸 的

dōngxi　hái xǐhuan chī língshí　xiàng qiǎokèlì　xuěgāo
東西，還 喜歡 吃 零食， 像 巧克力、雪糕

shénmede dōu xǐhuan chī　jiùshì bù chī fàn　yīshēng
什麼的 都 喜歡 吃，就是 不 吃 飯。醫生

shuō yídìng yào gǎibiàn zhè háizi de yǐnshí xíguàn
說 一定 要 改變 這 孩子 的 飲食 習慣。

Xióng tàitai
熊 太太：língshí shì bù néng dàitì zhǔshí de　tā ài chī de
零食 是 不 能 代替 主食 的。他 愛 吃 的

dōngxi dàduōshù dōu shì lājǐ shípǐn
東西 大多數 都 是 垃圾 食品。

Hóng tàitai
洪 太太：yīshēng ràng wǒ gěi tā hē niúnǎi　chī jīdàn　chī
醫生 讓 我 給 他 喝 牛奶、吃 雞蛋、吃

shūcài shuǐguǒ　hái shuō ròulèi　yúlèi dōu yào chī
蔬菜 水果， 還 說 肉類、魚類 都 要 吃，

wánquán chīsù huì yǐngxiǎng háizi nǎobù de fāyù
完全 吃素 會 影響 孩子 腦部 的 發育，

yǐngxiǎng zhìlì
影響 智力。

Xióng tàitai　duō ràng tā cānjiā hùwài huódòng　shàishai tàiyáng
熊 太太：多 讓 他 參加 戶外 活動 ， 曬曬 太陽，

bēnpǎo wánshuǎ　huódòngliàng dà le　dùzi jiù huì
奔跑 玩耍 ， 活動量 大 了，肚子 就 會

è　fànliàng jiù huì dà le
餓， 飯量 就 會 大 了。

Hóng tàitai　yǎngdà yí gè háizi yào cāo de xīn tài duō le
洪 太太：養大 一個 孩子 要 操 的 心 太 多 了！

Xióng tàitai　shì a　háizi yào hǒng　yào yǐndǎo　qiānwàn bié bī
熊 太太：是 啊！孩子 要 哄 ，要 引導 ， 千萬 別 逼

tā　gèng bù néng yòng dǎmà　chéngfá de shǒuduàn
他， 更 不 能 用 打罵、 懲罰 的 手段

duì tā
對他。

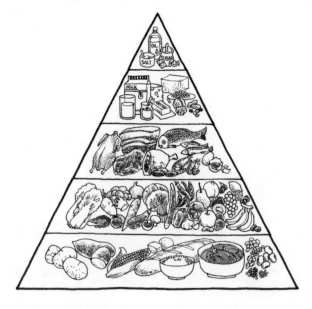

Hóng tàitai　xièxie　wǒ huíqu shìshi
洪　太太：謝謝！我　回去　試試。

 értóng yùfáng jiēzhòng yìmiáo
（二）兒童　預防　接種　疫苗 Childhood Vaccination

Huáng tàitai　Wèishēng Shǔ xuānbù chūshēng yīng'ér zhì xiǎoxué liù
黃　太太：　衛生　署　宣佈　初生　嬰兒 至　小學　六

niánjí de xuéshēng xūyào jiēzhòng bù tóng zhǒnglèi de
年級 的　學生　需要　接種　不　同　種類　的

yìmiáo　nǐ de háizi dǎ fángyìzhēn le ma
疫苗。你 的 孩子 打　防疫針　了 嗎？

Lǐ tàitai　āiyā　méi zhòngshì zhège shì
李 太太：　哎呀！沒　重視　這個 事。

Huáng tàitai　zhè hěn zhòngyào　qiánqiánhòuhòu yǒu shíjǐ zhǒng
黃　太太：這 很　重要　。　前前後後　有　十幾　種

bìng de yìmiáo yào zhùshè
病 的 疫苗 要　注射。

Lǐ tàitai　zhème duō dōu yào dǎ ma
李 太太：　這麼 多 都 要 打 嗎？

Huáng tàitai　wǒ zìjǐ yě bù dǒng　fǎnzhèng gēnjù Wèishēng Shǔ
黃　太太：我 自己 也 不　懂，　反正　根據　衛生　署

de ānpái qù dǎ yùfángzhēn
的 安排 去 打　預防針　。

Lǐ tàitai　kěyǐ fáng nǎxiē bìng ne
李 太太：　可以 防 哪些 病 呢？

Huáng tàitai　tīngshuō shì yùfáng jiéhébìng　xiǎo'ér mábìzhèng
黃　太太：聽説 是 預防 結核病、小兒　麻痹症、

yǐxíng gānyán báihóu bǎirìké pòshāngfēng
乙型　肝炎、白喉、百日咳、　破傷風、

fèiyán shuǐdòu mázhěn liúxíngxìng sāixiànyán jí
肺炎、水痘、麻疹、流行性　腮腺炎 及

<pre>
Déguó mázhěn gòng   zhǒng chuánrǎnbìng
德國 麻疹 共 11 種   傳染病   。
</pre>

Lǐ tàitai
李 太太： dào nǎr qù dǎ ya
到 哪兒 去 打 呀？

Huáng tàitai
黃 太太： chūshēng zhì wǔ suì értóng yóu mǔqīn dàizhe dào gè
初生 至 五 歲 兒童 由 母親 帶著 到 各

mǔ-yīng jiànkāngyuàn jiēzhòng   xiǎoxué értóng zé
母嬰 健康院 接種 ，小學 兒童 則

yóu Wèishēng Shǔ zhùshèyuán dào xuéxiào tígōng
由 衛生 署 注射員 到 學校 提供

fúwù   jiāzhǎng yě kěyǐ dài zǐnǚ dào sījiā yīshēng
服務。 家長 也可以 帶 子女 到 私家 醫生

zhěnsuǒ jiēzhòng yìmiáo
診所 接種 疫苗 。

二、詞語 🎧 7-2

（一）課文詞語

零食 língshí

哄 hǒng

預防針 yùfángzhēn

白喉 báihóu

肺炎 fèiyán

腮腺炎 sāixiànyán

垃圾食品 lājī shípǐn

乙型肝炎 yǐxíng gānyán

發育 fāyù

懲罰 chéngfá

根據 gēnjù

百日咳 bǎirìké

水痘 shuǐdòu

活蹦亂跳 huóbèng-luàntiào

小兒麻痹症 xiǎo'ér mábìzhèng

母嬰健康院 mǔ-yīng jiànkāngyuàn

智力 zhìlì

防疫針 fángyìzhēn

結核病 jiéhébìng

破傷風 pòshāngfēng

麻疹 mázhěn

（二）補充詞語

挑食 tiāoshí　　　　　偏食 piānshí　　　　　缺覺 quējiào

保暖 bǎonuǎn　　　　　漢堡包 hànbǎobāo　　　炸雞腿 zhájītuǐ

薯條兒 shǔtiáor　　　　甜食 tiánshí　　　　　熬夜 áoyè

薯片兒 shǔpiànr　　　　著涼 zháoliáng　　　　飢餓 jī'è

三、粵普對照 7-3

粵	普
蘇蝦仔	嬰兒 yīng'ér
揀食	挑食 tiāoshí / 偏食 piānshí
口水肩	圍嘴兒 wéizuǐr
爛瞓	嗜睡 shìshuì
積滯	消化不良 xiāohuà bùliáng
百厭	頑皮 wánpí
漏口	口吃 kǒuchī
生蟲	患寄生蟲病 huàn jìshēngchóngbìng

四、練習

1. 選詞填空並朗讀。

　　　有的孩子特別（　　），不但（　　）好動，（　　）
也好動，注意力（　　），和同學（　　），又常哭鬧、

（　　）和行為（　　），這就有可能是患上了（　　）。遇上這樣的情況應該帶孩子去醫院檢查，病情嚴重的就需要（　　）。

參考詞語：

① 異常　② 吃飯時　③ 打打鬧鬧　④ 不集中　⑤ 活潑好動　⑥ 發脾氣　⑦ 上課時　⑧ 吃藥治療　⑨ 兒童多動綜合徵

2. 用普通話説出下列句子。

（1）湊細路好煩，唔只係唔肯食飯、飲牛奶，生果掂都唔掂，晚黑好夜瞓，瘦成個馬騮精咁。

（2）教仔唔可以惡，要同仔女多溝通，傾多啲偈，講吓道理，慢慢佢就會聽教聽話。

3. 朗讀練習。

　　蛋白質、脂肪、碳水化合物、膳食纖維和水是構成和維持生命的五大重要基礎物質。孩子從小要養成定時、定量的飲食習慣。食物品種要多樣化，不偏食、不挑食。每天保證五大食物營養的攝入，加上適量的戶外運動和充足的睡眠，孩子一定會成長發育得健健康康。

〈知識窗〉醫護專業用語及常見兒科疾病

盜汗 dàohàn　　　　麻疹 mázhěn　　　　濕疹 shīzhěn

猩紅熱 xīnghóngrè　　高燒 gāoshāo　　　低熱 dīrè

反應遲緩 fǎnyìng chíhuǎn　　發育不良 fāyù bùliáng

神情呆滯 shénqíng dāizhì　　肌肉鬆弛 jīròu sōngchí

新生兒黃疸 xīnshēng'ér huángdǎn

嬰幼兒腹瀉 yīngyòu'ér fùxiè

新生兒溶血病 xīnshēng'ér róngxuèbìng

新生兒敗血症 xīnshēng'ér bàixuèzhèng

新生兒破傷風 xīnshēng'ér pòshāngfēng

腦性癱瘓（腦癱）nǎoxìng tānhuàn（nǎotān）

兒童多動綜合徵 értóng duōdòng zōnghézhēng

維生素 D 缺乏性佝僂病 wéishēngsù D quēfáxìng gōulóubìng

第8課　耳鼻喉科

Otorhinolaryngology

一、課文 8-1

（一）鼻竇炎 Sinusitis (Rhinosinusitis)
bídòuyán

Xú tàitai
徐 太太： 看 你 老是 鼻子 不 通氣 似的，是 不 是
kàn nǐ lǎoshì bízi bù tōngqì shìde shì bu shì

感冒 了？
gǎnmào le

Xǔ xiānsheng
許 先生： 不 是 感冒，是 鼻竇炎 又 犯 了。
bú shì gǎnmào shì bídòuyán yòu fàn le

Xú tàitai
徐 太太： 沒 去 醫院 看看？
méi qù yīyuàn kànkan

Xǔ xiānsheng
許 先生： 去 了。醫生 說 我 得 的 是 慢性
qù le yīshēng shuō wǒ dé de shì mànxìng

鼻竇炎。精神 緊張，受涼，抵抗力
bídòuyán jīngshén jǐnzhāng shòuliáng dǐkànglì

下降，口腔、喉嚨 發炎 時，鼻竇 的
xiàjiàng kǒuqiāng hóulóng fāyán shí bídòu de

病 也 會 一起 發作。
bìng yě huì yìqǐ fāzuò

Xú tàitai
徐 太太： 有 什麼 方法 可以 治 嗎？
yǒu shénme fāngfǎ kěyǐ zhì ma

許　先生　：
Xǔ xiānsheng
fāzuò shí chī yào　huòzhě wǎng bízi　li　dī yào
發作 時 吃 藥 ，或者 往 鼻子 裏 滴 藥。

wǒ hái zuòguo chuāncì chōngxǐ
我 還 做過 穿刺 沖洗 。

徐 太太：
Xú tàitai
chuāncì hěn téng a　xiàoguǒ zěnmeyàng
穿刺 很 疼 啊 ！效果 怎麼樣 ？

許　先生　：
Xǔ xiānsheng
zhè yì nián lái hǎoduō le　dàn yīnwèi wǒ bízi
這 一 年 來 好多 了 ，但 因為 我 鼻子

guòmǐn　suǒyǐ hěn nán gēnzhì
過敏 ，所以 很 難 根治 。

徐 太太：
Xú tàitai
zhǐyǒu zìjǐ duō jiā xiǎoxīn le　duō yùndòng
只有 自己 多 加 小心 了 ，多 運動 ，

cái néng zēngqiáng shēntǐ sùzhì　tígāo dǐkànglì　nǐ
才 能 增強 身體 素質 ，提高 抵抗力 ，你

de bìng jiù bú nàme róngyì fùfā le
的 病 就 不 那麼 容易 復發 了。

Xǔ xiānsheng　　shì a　　yīshēng yě shì zhème shuō de　suǒyǐ wǒ
許　先生 ：是 啊， 醫生 也 是 這麼　説 的，所以 我

　　　　　　yìnián-sìjì dōu jiānchí yóuyǒng hé pǎobù
　　　　一年四季 都 堅持　游泳 和 跑步。

Méiní'āibìng
（二） 梅尼埃病 * Méniére Disease

bìngrén　　yīshēng　wǒ qiántiān wǎnshang tūrán juéde tóuyūn
病人 ：醫生 ，我 前天　 晚上　 突然 覺得 頭暈 ，

　　　　pà guāng　zhǐ juéde tiānxuán-dìzhuàn　bùgǎn zhēngkāi
　　　怕 光 ，只 覺得 天旋地轉 ， 不敢　 睜開

　　　　yǎnjing
　　　眼睛 。

yīshēng　　shì yízhènr yízhènr yūn háishi bù tíng de yūn
醫生 ：是 一陣兒 一陣兒 暈 還是 不 停 地 暈 ？

bìngrén　　shì yízhènr yízhènr de　yǎnjing bù néng zhēng　tóu bù
病人 ：是 一陣兒 一陣兒 的。 眼睛 不 能　 睜， 頭 不

　　　　néng dòng　yì zhēngkāi yǎn　jiàndào guāng　tóu yí
　　　能　 動 。一 睜開 眼， 見到　 光 ， 頭 一

　　　　huàngdòng　mǎshàng jiù yūn　bìzhe yǎn tǎngxià jiù hǎo xiē
　　　晃動 ， 馬上　 就暈 ，閉著 眼 躺下 就 好 些。

yīshēng　　guòqù yǒuguo zhè zhǒng qíngkuàng ma
醫生 ：過去 有過 這　 種　 情況　 嗎 ？

bìngrén　　hěn duō nián qián yǒuguo　dāngshí méi qù yīyuàn
病人 ：很 多 年 前 有過 。 當時　 沒去 醫院 ，

　　　　tǎngzhe xiūxile wǔ tiān jiù hǎo le　zhè sān-sì nián dōu
　　　躺著 休息了 五 天 就 好 了。這 三四 年 都

　　　　méi fàn
　　　沒 犯 。

---

*　也稱美尼爾氏綜合徵。

醫生：還有什麼不舒服嗎？

病人：耳朵一直嗡嗡響，今天感覺越來越嚴重，同時還想吐，一陣兒一陣兒出冷汗。

（醫生給病人做了檢查）

醫生：你這是梅尼埃病，發作性的眩暈和波動性的耳聾、耳鳴是典型的內耳三聯徵。是你耳朵裏面一個叫膜迷路的地方有積水。

病人：我沒去游泳，怎麼耳朵裏面會有水？

醫生：是耳朵裏淋巴分泌過多造成的，淋巴系統壓力增高，就會有這種症狀。

病人：那怎麼辦？

醫生：先吃些藥，三天後如果還沒好，就要再做檢查。回家一定要臥床休息。

二、詞語 🎧 8-2

(一) 課文詞語

鼻竇炎 bídòuyán　　發作 fāzuò　　穿刺沖洗 chuāncì chōngxǐ

晃動 huàngdòng　　犯病 fàn bìng　　天旋地轉 tiānxuán-dìzhuàn

嗡嗡 wēngwēng　　眩暈 xuànyùn　　耳聾 ěrlóng

耳鳴 ěrmíng　　膜迷路 mómílù　　積水 jīshuǐ

淋巴 línbā　　梅尼埃病 Méiní'āibìng

內耳三聯徵 nèi'ěr sānliánzhēng

(二) 補充詞語

耳垢 ěrgòu　　擔心 dānxīn　　外耳道 wài'ěrdào

耳膜 ěrmó　　鼻腔 bíqiāng　　鑒別診斷 jiànbié zhěnduàn

三、粵普對照 🎧 8-3

粵	普
耳水不平衡	梅尼埃病 Méiní'āibìng
鼻塞	鼻子不通氣 bízi bù tōngqì
頭暈暈	暈乎乎 yūnhuhu
穿窿	穿孔 chuānkǒng
鼻哥窿	鼻孔 bíkǒng
眯埋眼／合埋眼	閉上眼 bìshang yǎn

粵	普
耳仔響	耳鳴 ěrmíng
驗身	檢查身體 jiǎnchá shēntǐ
鉗出來	夾出來 jiā chulai

四、練習

1. 病人覺得聽力出現問題，跟朋友交談時猜測是耳垢過多。兩人一組，扮演病人和其朋友，進行會話。

參考詞語：

右側　疼痛　耳屎　阻塞　耳道　耳垢　游泳　發炎

滴　藥水　耳勺　鼓膜　弄破　麻煩

2. 用普通話説出下列句子。

（1）我周不時耳仔嗡嗡聲，失驚無神又會腳浮浮、頭暈暈，查咗話我耳水唔平衡。

（2）個鼻成日塞，透唔到氣，有時啲鼻涕黃黃綠綠，仲帶啲血，好得人驚。

3. 朗讀練習。

　　很多人常常咽部不適，發炎、發乾，有時連吞嚥都會疼痛。檢查時會看到咽喉部發紅，兩側的扁桃體紅腫肥大，有時還會出現白色分泌物和膿液。這就是患了扁桃體炎。扁桃體炎的誘發因素很多，如疲勞、受涼、抵抗力低下等，也可

能是由某些急性傳染病如流感、麻疹、猩紅熱引起的。急性發病時應及時消炎治療。對於慢性扁桃體炎反覆發作嚴重者的治療，除了使用抗生素外，還可以採用手術切除扁桃體的方式。

〈知識窗〉醫護專業用語及常見耳鼻喉科疾病

鼻衄 bí'nù

堵塞感 dǔsègǎn

鼓膜穿刺 gǔmó chuāncì

外耳道炎 wài'ěrdàoyán

封閉療法 fēngbì liáofǎ

鼻中隔彎曲 bízhōnggé wānqū

耳咽管堵塞 ěryānguǎn dǔsè

鼓膜修補術 gǔmó xiūbǔshù

慢性鼻竇炎 mànxìng bídòuyán

急性扁桃體炎 jíxìng biǎntáotǐyán

自發性眼震顫 zìfāxìng yǎnzhènchàn

前庭功能檢查 qiántíng gōngnéng jiǎnchá

上頜竇惡性腫瘤 shànghédòu èxìng zhǒngliú

慢性肥厚性鼻炎 mànxìng féihòuxìng bíyán

急性化膿性中耳炎 jíxìng huànóngxìng zhōng'ěryán

慢性化膿性中耳炎 mànxìng huànóngxìng zhōng'ěryán

咽喉炎 yānhóuyán

鼻咽癌 bíyān'ái

置管引流 zhìguǎn yǐnliú

鼓膜外傷 gǔmó wàishāng

異物堵塞 yìwù dǔsè

短暫性耳聾 duǎnzànxìng ěrlóng

萎縮性鼻炎 wěisuōxìng bíyán

急性鼻竇炎 jíxìng bídòuyán

陣發性眩暈 zhènfāxìng xuànyùn

眼科疾病 Eye Disease

掃碼聽錄音

一、課文 9-1

（一） **青光眼** Glaucoma
qīngguāngyǎn

病人： 醫生，我常常覺得眼睛脹痛，看東西好像隔著一層紗。這是怎麼回事呢？
bìngrén / yīshēng wǒ chángcháng juéde yǎnjing zhàngtòng kàn / dōngxi hǎoxiàng gézhe yì céng shā zhè shì zěnme huí shì ne

醫生： 看東西的範圍是不是越來越窄？
yīshēng / kàn dōngxi de fànwéi shì bu shì yuè lái yuè zhǎi

病人： 是啊！有時還會偏頭痛。
bìngrén / shì a yǒushí hái huì piāntóutòng

（醫生給病人做完相關檢查）
yīshēng gěi bìngrén zuòwán xiāngguān jiǎnchá

醫生： 眼壓比較高，還有視野的缺損，眼底的血管也有問題。你得了青光眼。
yīshēng / yǎnyā bǐjiào gāo hái yǒu shìyě de quēsǔn yǎndǐ de xuèguǎn yě yǒu wèntí nǐ déle qīngguāngyǎn

病人： 那怎麼辦？是不是很嚴重？會不會瞎？
bìngrén / nà zěnme bàn shì bu shì hěn yánzhòng huì bu huì xiā

醫生： 目前的病情屬於輕度的。我先給你開
yīshēng / mùqián de bìngqíng shǔyú qīngdù de wǒ xiān gěi nǐ kāi

xiē dīyǎnyào
些 滴眼藥。

病人：wǒ hái jīngcháng tóuténg xiǎng tù
我 還 經常 頭疼 ，想 吐。

醫生：rúguǒ yùdào zhè zhǒng qíngkuàng jiāshàng kàn dōngxi
如果 遇到 這 種 情況 ，加上 看 東西
bù qīngchu jiù gǎnjǐn qù yīyuàn kàn jízhěn
不 清楚 ，就 趕緊 去 醫院 看 急診。

病人：yīshēng wǒ hěn dānxīn wǒ bàba jiù shì yīnwèi
醫生 ，我 很 擔心 ，我 爸爸 就 是 因為
qīngguāngyǎn shīmíng de
青光眼 失明 的。

醫生：nǐ fāxiàn de bǐjiào zǎo zhǐyào jíshí zhìliáo hǎohāor
你 發現 得 比較 早，只要 及時 治療 ，好好兒
xiūxi fàngsōng xīnqíng bìngqíng bú huì kuàisù fāzhǎn
休息， 放鬆 心情 ，病情 不 會 快速 發展
de
的。

（二）結膜炎 jiémóyán Conjunctivitis

病人： 醫生，我的眼睛又疼又癢，不停地流淚，還怕光，兩隻眼睛都紅了。這是紅眼病嗎？會傳染給家裏的人嗎？

醫生： 你這是急性結膜炎，俗稱紅眼病。

病人： 我有沙眼和倒睫，是不是併發症？

醫生： 不是。你接觸過得紅眼病的人嗎？

病人： 我的一個同事幾天沒上班了，聽說是得了紅眼病。

醫生： 可能是從他那兒傳染的。空氣中各類病菌都能引起結膜感染。

病人： 那我要注意什麼呢？

醫生： 在家洗漱用具要分開，毛巾要消毒，常洗手，不要用手揉眼睛。要多讓眼睛休息。回去按時滴眼藥水，一個星期左右就會好的。

二、詞語 (9-2)

（一）課文詞語

青光眼 qīngguāngyǎn　脹痛 zhàngtòng　偏頭痛 piāntóutòng

眼壓 yǎnyā　缺損 quēsǔn　眼底 yǎndǐ

結膜炎 jiémóyán　急性 jíxìng　俗稱 súchēng

紅眼病 hóngyǎnbìng　沙眼 shāyǎn　倒睫 dàojié

接觸 jiēchù　消毒 xiāodú　眼藥水 yǎnyàoshuǐ

洗漱用具 xǐshù yòngjù

（二）補充詞語

近視 jìnshì　遠視 yuǎnshì　斜視 xiéshì

弱視 ruòshì　散光 sǎnguāng　畏光 wèiguāng

模糊 móhu　流淚 liú lèi　重影 chóngyǐng

光綫 guāngxiàn　激光 jīguāng　強光 qiángguāng

矯正 jiǎozhèng　異物感 yìwùgǎn　維生素 A wéishēngsù A

視野縮小 shìyě suōxiǎo　視力矯正 shìlì jiǎozhèng

藍光刺激 lánguāng cìjī　先天性弱視 xiāntiānxìng ruòshì

120

三、粵普對照 🔊 9-3

粵	普
眼矇矇	視力模糊 shìlì móhu
眼挑針	麥粒腫 màilìzhǒng
盲咗	瞎了 xiā le / 失明 shīmíng
惹畀我	傳染給我 chuánrǎn gěi wǒ
滴眼水	滴眼藥水 dī yǎnyàoshuǐ
眼珠	眼球 yǎnqiú
驗眼	檢查眼睛 jiǎnchá yǎnjing

四、練習

1. 參考課文模擬病人向醫生主訴不適。

參考詞語：

病人主訴：視力越來越差　疼痛　模糊　流淚怕光

醫生：近視（遠視）　黃斑病變　視力檢查　滴眼藥水
擴瞳檢查　白內障　加深　眼底血管硬化　病毒感染
晶體　結膜炎　充血　刺激

2. 用普通話說出下列句子。

（1）我過幾日要去割白內障，嗰個醫生收費勁貴。

（2）做左眼先，做一隻都使萬幾蚊。

（3）我對眼睇嘢矇矇哋，唔敢出街，驚被人撞嘅。

3. 朗讀練習。

　　不少使用手機的人會發現視力或多或少地受到影響，這是眼球疲勞和手機藍光刺激傷害所致，即便眼睛和手機的距離拉大也無濟於事。同時，長期低頭看手機會傷害頸椎，手指在手機屏幕上頻繁地滑動、點擊也會造成手部肌腱勞損。

〈知識窗〉醫護專業用語及常見眼科疾病

淚腺 lèixiàn	淚管 lèiguǎn	晶體 jīngtǐ
色盲 sèmáng	夜盲 yèmáng	飛蚊症 fēiwénzhèng
視網膜 shìwǎngmó	結膜炎 jiémóyán	鞏膜炎 gǒngmóyán
角膜潰瘍 jiǎomó kuìyáng	視力矯正 shìlì jiǎozhèng	
黃斑變性 huángbān biànxìng	眼瞼下垂 yǎnjiǎn xiàchuí	
晶體植入 jīngtǐ zhírù	糖尿病眼病 tángniàobìng yǎnbìng	

結膜乾燥症 jiémó gānzàozhèng

電光性眼炎 diànguāngxìng yǎnyán

視網膜脫離 shìwǎngmó tuōlí

機械性眼外傷 jīxièxìng yǎnwàishāng

化學性眼外傷 huàxuéxìng yǎnwàishāng

老年性白內障 lǎoniánxìng báinèizhàng

眼瞼帶狀疱疹 yǎnjiǎn dàizhuàng pàozhěn

眼眶蜂窩組織炎 yǎnkuàng fēngwō zǔzhīyán

第 10 課　高發腫瘤

High Incidence of Cancer

掃碼聽錄音

一、課文 🎧10-1

> bíyān'ái
> **（一）鼻咽癌** Nasopharyngeal Cancer

病人：zuìjìn wǒ fāxiàn xǐngchū de bítì dàizhe diǎnr xuèsī
（bìngrén）最近 我 發現 擤出 的 鼻涕 帶著 點兒 血絲。

醫生：yǒu méiyǒu bísè de qíngkuàng
（yīshēng）有 沒有 鼻塞 的 情況 ？

病人：yǒu yǒushí yì biān yǒushí liǎng gè bíkǒng dōu bù
（bìngrén）有。有時 一 邊，有時 兩 個 鼻孔 都 不
tōngqì
通氣。

醫生：xūyào zuò yí gè jiǎnchá kànkan bíyānbù yǒu méiyǒu
（yīshēng）需要 做 一 個 CT 檢查，看看 鼻咽部 有 沒有
yìcháng
異常。

病人：wǒ huì dé bíyān'ái ma wǒ bàba huànguo bíyān'ái yào
（bìngrén）我 會 得 鼻咽癌 嗎？我 爸爸 患過 鼻咽癌，要
chī yào dǎzhēn hái yào fàngshè zhìliáo suīrán bǎozhùle
吃 藥 打針，還 要 放射 治療，雖然 保住了
mìng dàn shēntǐ yìzhí méiyǒu hěn hǎo de huīfù
命，但 身體 一直 沒有 很 好 地 恢復。

醫生： 鼻咽癌是香港多發的一種病，據統計每年都有幾百至一千的鼻咽癌新增病例，所以要特別警惕。

病人： 那我還是趕快查一查。聽說這病會遺傳，我家常吃鹹魚蒸肉餅和鹹菜之類的食品。

醫生： 儘量不要吃這些醃製食品。不用太擔心，先檢查吧。

病人： 如果是鼻咽癌那怎麼辦呢？

yīshēng
醫生 ： 你 頸部 的 淋巴結 沒有 明顯 的 腫脹 。

那 你 有 沒有 耳鳴 ? 有 沒有 頭痛 和 吞嚥

困難 ?

bìngrén
病人 ： 都 沒有 。

yīshēng
醫生 ： 那 先 拿 這 張 單子 去 預約 做 CT 掃描 吧 。

等 檢查 報告 出來 再 看看 有 沒有 問題 。

（二） 乳腺癌 Breast Cancer

Zhāng tàitai
張 太太 ： 聽說 政府 最近 大力 呼籲 適齡 婦女 檢查

乳腺癌 。

Chén tàitai
陳 太太 ： 我 已經 約好 幾 個 朋友 一起 去 查 一 查 。

Zhāng tàitai
張 太太 ： 乳腺癌 和 宮頸癌 是 女性 最 常 見 的

高發 腫瘤 ， 應該 定期 檢查 。

Chén tàitai
陳 太太 ： 是 啊 ， 現在 治 乳腺癌 的 方法 很 多 ，

效果 也 很 好 。

Zhāng tàitai
張 太太 ： 對 ， 只要 早 發現 ， 及時 治療 ， 治療 效果

yìbān shì hěn lǐxiǎng de
一般 是 很 理想 的。

Chén tàitai　wǒ chángcháng mōmo rǔfáng hé zhōuwéi pífū
陳 太太：我 常常 摸摸 乳房 和 周圍 皮膚

jiǎnchá yíxià yǒu méiyǒu zhǒngkuài
檢查 一下 有 沒有 腫塊。

Zhāng tàitai　zuìhǎo zhǎo zhuānyè de yīhù rényuán jiǎnchá
張 太太：最好 找 專業 的 醫護 人員 檢查。

Chén tàitai　gēngniánqī de nǚxìng luǎncháo gōngnéng zhújiàn
陳 太太：更年期 的 女性 卵巢 功能 逐漸

tuìhuà cíxìngjīsù de fēnmì fāshēng biànhuà suǒyǐ
退化，雌性激素 的 分泌 發生 變化，所以

sìshí dào liùshíjǐ suì de nǚxìng zuì róngyì dé rǔxiàn'ái
四十 到 六十幾歲 的 女性 最 容易 得 乳腺癌。

Zhāng tàitai　súhuà shuō bìng cóng qiǎn zhōng yī zuìhǎo bié
張 太太：俗話 說「病 從 淺 中 醫」，最好 別

ràng áizhèng èhuà áixìbāo zhuǎnyí
讓 癌症 惡化、癌細胞 轉移。

Chén tàitai　yìbān rǔxiàn'ái de shǒushù dōu yào zuò gēnzhìxìng
陳 太太：一般 乳腺癌 的 手術 都 要 做 根治性

qiēchúshù bǎ yèwō hé fùjìn de zhīfáng jīròu zǔzhī
切除術，把 腋窩 和 附近 的 脂肪 肌肉組織、

línbājié shènzhì yìxiē gǔgé yìqǐ qiēchú
淋巴結，甚至 一些 骨骼 一起 切除。

Zhāng tàitai　nà bú jiù shì yí cè de rǔfáng méi le ma
張 太太：那不就是 一側 的 乳房 沒 了 嗎？

Chén tàitai　tōngguò wàikē zhěngxíng shǒushù kěyǐ jiějué de
陳 太太：通過 外科 整形 手術 可以 解決 的。

二、詞語 🎧10-2

（一）課文詞語

腫瘤 zhǒngliú	鼻咽癌 bíyān'ái	放射治療 fàngshè zhìliáo
淋巴結 línbājié	乳腺癌 rǔxiàn'ái	更年期 gēngniánqī
卵巢 luǎncháo	雌性激素 cíxìngjīsù	腋窩 yèwō
整形手術 zhěngxíng shǒushù		

（二）補充詞語

幹細胞 gànxìbāo	絕症 juézhèng	電療 diànliáo
後遺症 hòuyízhèng	毒性 dúxìng	常規 chángguī
乳腺 rǔxiàn	化療 huàliáo	標靶 biāobǎ
併發症 bìngfāzhèng	亞急性 yàjíxìng	免疫能力 miǎnyì nénglì
綜合治療 zōnghé zhìliáo	積極治療 jījí zhìliáo	
骨髓移植 gǔsuǐ yízhí	血型匹配 xuèxíng pǐpèi	
中西結合 zhōngxī jiéhé		

三、粵普對照 🎧10-3

粵	普
好彩	幸虧 xìngkuī
思疑	懷疑 huáiyí

粵	普
衰運	運氣不好 yùnqi bù hǎo
估估吓	猜想 cāixiǎng
失驚無神	突然 tūrán
話唔定	說不定 shuōbúdìng
污糟	骯髒 āngzāng / 髒 zāng
執藥	配藥 pèiyào
肉酸	難看 nánkàn
施手術	做手術 zuò shǒushù / 開刀 kāidāo

四、練習

1. 選詞填空並朗讀。

　　　有個患了（　　）的病人，非常（　　）。因為他從（　　）就（　　），現在（　　）了，（　　）整整三十年。這些年他（　　）越來越嚴重，人明顯消瘦。醫生讓他拍了 X 光片，做了（　　）檢查，檢查結果證實患了（　　）。上個月他做了（　　）切除手術。幸虧他（　　），（　　）治療，現在整體情況恢復得很好。

參考詞語：

① 意志堅強　② 咳嗽氣喘　③ 年輕時　④ 肺部腫瘤
⑤ 肺癌　⑥ 後悔　⑦ 積極配合　⑧ 抽煙　⑨ 肺癌
⑩ 核磁共振　⑪ 抽了　⑫ 五十

2. 用普通話説出下列句子。

（1）宜家周街都聽到人講，好多嘢唔食得，食咗會生癌。

（2）講真嗰句，生癌都唔使驚，宜家科技昌明，好番嘅機會好大。

3. 朗讀練習。

　　據有關機構調查統計，惡性腫瘤按照發病率及死亡率由高到低排列依次為：肺癌、宮頸癌、胃癌、鼻咽癌、直腸癌、子宮癌、肝癌、甲狀腺癌、卵巢癌、乳腺癌、食管癌、惡性淋巴瘤。但如果能夠早發現，積極配合治療，還是可以減少腫瘤對身體的傷害。

〈知識窗〉醫護專業用語及高發腫瘤

死亡率 sǐwánglǜ　　存活率 cúnhuólǜ　　　治癒率 zhìyùlǜ

發病率 fābìnglǜ　　支持療法 zhīchí liáofǎ　　根治療法 gēnzhì liáofǎ

卵巢囊腫 luǎncháo nángzhǒng　　子宮肌瘤 zǐgōng jīliú

卵巢腫瘤 luǎncháo zhǒngliú　　　標靶療法 biāobǎ liáofǎ

根治手術 gēnzhì shǒushù　　　混合療法 hùnhé liáofǎ

淋巴結切除 línbājié qiēchú　　子宮內膜癌 zǐgōng nèimó'ái

肝功能損害 gāngōngnéng sǔnhài

脫落細胞檢查 tuōluò xìbāo jiǎnchá

腫瘤細胞擴散 zhǒngliú xìbāo kuòsàn

牙科 Dentistry

掃碼聽錄音

一、課文 🎧11-1

(一) 牙周病 Periodontal Disease
yázhōubìng

病人： 我 經常 吃 東西 牙疼，刷牙 會 出 血，
bìngrén　wǒ jīngcháng chī dōngxi yáténg　shuāyá huì chū xiě

口腔 裏 總 有 些 難聞 的 味兒。
kǒuqiāng li zǒng yǒu xiē nánwén de wèir

醫生： 我 看看，把 嘴 張大 一點兒， 放鬆。你 的
yīshēng　wǒ kànkan　bǎ zuǐ zhāngdà yìdiǎnr　fàngsōng　nǐ de

牙 有 齲齒，牙齦 紅腫 ，是 比較 嚴重 的
yá yǒu qǔchǐ　yáyín hóngzhǒng　shì bǐjiào yánzhòng de

牙齦炎。
yáyínyán

病人： 我 每 天 早晚 都 刷牙，也 很 少 吃
bìngrén　wǒ měi tiān zǎowǎn dōu shuāyá　yě hěn shǎo chī

甜食 ，怎麼 還 會 有 蛀牙 和 牙齦炎 呢？
tiánshí　zěnme hái huì yǒu zhùyá hé yáyínyán ne

醫生： 你 刷牙 的 方法 可能 不 對， 應該 豎著
yīshēng　nǐ shuāyá de fāngfǎ kěnéng bú duì　yīnggāi shùzhe

刷，不要 橫著 刷。你 的 牙縫 大，牙縫
shuā　búyào héngzhe shuā　nǐ de yáfèng dà　yáfèng

中 有 很 多 食物 殘渣，會 發酵，會 滋生
zhōng yǒu hěn duō shíwù cánzhā　huì fājiào　huì zīshēng

<ruby>細<rt>xì</rt></ruby><ruby>菌<rt>jūn</rt></ruby>。

<ruby>病<rt>bìng</rt></ruby><ruby>人<rt>rén</rt></ruby>：<ruby>能<rt>néng</rt></ruby> <ruby>治<rt>zhì</rt></ruby> <ruby>嗎<rt>ma</rt></ruby>？

<ruby>醫<rt>yī</rt></ruby><ruby>生<rt>shēng</rt></ruby>：<ruby>你<rt>nǐ</rt></ruby> <ruby>有<rt>yǒu</rt></ruby> <ruby>三<rt>sān</rt></ruby> <ruby>顆<rt>kē</rt></ruby> <ruby>蛀<rt>zhù</rt></ruby><ruby>牙<rt>yá</rt></ruby>，<ruby>右<rt>yòu</rt></ruby><ruby>面<rt>miàn</rt></ruby> <ruby>的<rt>de</rt></ruby> <ruby>兩<rt>liǎng</rt></ruby> <ruby>顆<rt>kē</rt></ruby> <ruby>齲<rt>qǔ</rt></ruby><ruby>洞<rt>dòng</rt></ruby> <ruby>不<rt>bú</rt></ruby>

<ruby>大<rt>dà</rt></ruby>，<ruby>補<rt>bǔ</rt></ruby><ruby>補<rt>bu</rt></ruby> <ruby>牙<rt>yá</rt></ruby> <ruby>就<rt>jiù</rt></ruby> <ruby>可<rt>kě</rt></ruby><ruby>以<rt>yǐ</rt></ruby> <ruby>解<rt>jiě</rt></ruby><ruby>決<rt>jué</rt></ruby>。 <ruby>左<rt>zuǒ</rt></ruby><ruby>邊<rt>bian</rt></ruby> <ruby>裏<rt>lǐ</rt></ruby><ruby>面<rt>miàn</rt></ruby> <ruby>的<rt>de</rt></ruby> <ruby>一<rt>yì</rt></ruby> <ruby>顆<rt>kē</rt></ruby> <ruby>牙<rt>yá</rt></ruby>

<ruby>牙<rt>yá</rt></ruby><ruby>根<rt>gēn</rt></ruby> <ruby>鬆<rt>sōng</rt></ruby><ruby>動<rt>dòng</rt></ruby>，<ruby>要<rt>yào</rt></ruby> <ruby>拔<rt>bá</rt></ruby><ruby>掉<rt>diào</rt></ruby>。<ruby>我<rt>wǒ</rt></ruby> <ruby>給<rt>gěi</rt></ruby> <ruby>你<rt>nǐ</rt></ruby> <ruby>開<rt>kāi</rt></ruby> <ruby>點<rt>diǎnr</rt></ruby>兒 <ruby>藥<rt>yào</rt></ruby>，

<ruby>先<rt>xiān</rt></ruby> <ruby>治<rt>zhì</rt></ruby> <ruby>牙<rt>yá</rt></ruby><ruby>齦<rt>yín</rt></ruby> <ruby>的<rt>de</rt></ruby> <ruby>炎<rt>yán</rt></ruby><ruby>症<rt>zhèng</rt></ruby>。

<ruby>病<rt>bìng</rt></ruby><ruby>人<rt>rén</rt></ruby>：<ruby>我<rt>wǒ</rt></ruby> <ruby>要<rt>yào</rt></ruby> <ruby>不<rt>bu</rt></ruby> <ruby>要<rt>yào</rt></ruby> <ruby>常<rt>cháng</rt></ruby> <ruby>漱<rt>shù</rt></ruby><ruby>口<rt>kǒu</rt></ruby>？

<ruby>醫<rt>yī</rt></ruby><ruby>生<rt>shēng</rt></ruby>：<ruby>記<rt>jì</rt></ruby><ruby>住<rt>zhù</rt></ruby> <ruby>早<rt>zǎo</rt></ruby><ruby>晚<rt>wǎn</rt></ruby> <ruby>刷<rt>shuā</rt></ruby><ruby>牙<rt>yá</rt></ruby>，<ruby>飯<rt>fàn</rt></ruby><ruby>後<rt>hòu</rt></ruby> <ruby>漱<rt>shù</rt></ruby><ruby>口<rt>kǒu</rt></ruby>。<ruby>牙<rt>yá</rt></ruby><ruby>縫<rt>fèng</rt></ruby> <ruby>大<rt>dà</rt></ruby>，

<ruby>還<rt>hái</rt></ruby> <ruby>要<rt>yào</rt></ruby> <ruby>學<rt>xué</rt></ruby><ruby>會<rt>huì</rt></ruby> <ruby>用<rt>yòng</rt></ruby> <ruby>牙<rt>yá</rt></ruby><ruby>綫<rt>xiàn</rt></ruby> <ruby>把<rt>bǎ</rt></ruby> <ruby>牙<rt>yá</rt></ruby> <ruby>側<rt>cè</rt></ruby><ruby>面<rt>miàn</rt></ruby> <ruby>的<rt>de</rt></ruby> <ruby>髒<rt>zāng</rt></ruby> <ruby>東<rt>dōng</rt></ruby><ruby>西<rt>xi</rt></ruby>

qīngchú diào
清除　掉。

bìngrén　　nà shénme shíhou lái báyá
病人：那 什麼　時候　來 拔牙？

yīshēng　　xiànzài yáyín fāyán　bù néng bá　xiān chī yí gè liáochéng
醫生：現在 牙齦 發炎，不 能 拔，先 吃 一 個　療程

de xiāoyányào　zài yùyuē shíjiān báyá
的　消炎藥　，再 預約 時間 拔牙。

bìngrén　　zhè duàn shíjiān yào zhùyì xiē shénme
病人：這 段　時間 要 注意 些 什麼？

yīshēng　　nǐ yǒu méiyǒu shénme mànxìngbìng　rúguǒ xuètáng
醫生：你 有 沒有　什麼　　慢性病　？如果　血糖

huòzhě xuèyā tài gāo shì bù néng báyá de　xuètáng yào
或者　血壓 太 高 是 不 能　拔牙 的。血糖　要

kòngzhì zài　yǐxià　xuèyā zé yào kòngzhì zài
控制　在 6 以下，血壓 則 要　控制　在 130/90

yǐxià cái xíng
以下 才 行。

yábìng zhìliáo
（二）牙病 治療 Dental Treatment

bìngrén　　shénme rén shìhé zuò yáchǐ de jiǎozhèng zhìliáo
病人：什麼 人 適合 做 牙齒 的　矯正　治療？

yīshēng　　rúguǒ yá zhǎng de qīwāi-bāliě　bùjǐn yǐngxiǎng
醫生：如果 牙 長　得 七歪八裂，不僅　影響

měiguān　érqiě yǐngxiǎng shuōhuà　tūnyàn　jǔjué
美觀　，而且　影響　說話 、吞嚥 、咀嚼、

yǎohé děng gōngnéng　jiù yīnggāi jíshí zuò jiǎozhèng
咬合 等　功能　，就　應該 及時 做　矯正

zhìliáo
治療。

病人 ： 能 具體 說說 是 哪些 情況 嗎？

醫生 ： 牙 錯位、牙列 不齊、牙 間隙 過寬 等 都
應該 及時 做 矯正 治療。

病人 ： 是 不 是 用 鐵絲 牙套 呢？

醫生 ： 有 很 多 種。直絲 矯治器、透明 牙套、
陶瓷 牙套、咬合板 等 都 是 常 用 的
技術。

病人 ： 需要 很 長 的 時間 嗎？

醫生 ： 是 的。

病人 ： 矯正 要 注意 什麼？

醫生 ： 治療 期間 會 有 不適，要 儘量 避免
食用 果仁兒、黏性 食物、硬 殼 類 食物，更
重要 的 是 保持 口腔 清潔。

二、詞語 🎧11-2

（一）課文詞語

牙周病 yázhōubìng　　刷牙 shuāyá　　　齲齒 qǔchǐ

牙齦 yáyín　　　　　牙齦炎 yáyínyán　　蛀牙 zhùyá

殘渣 cánzhā　　　　發酵 fājiào　　　　滋生 zīshēng

齲洞 qǔdòng　　　　牙根 yágēn　　　　漱口 shùkǒu

牙綫 yáxiàn　　　　拔牙 báyá　　　　矯正 jiǎozhèng

七歪八裂 qīwāi-bāliě　咀嚼 jǔjué　　　　咬合 yǎohé

牙錯位 yá cuòwèi　　牙列 yáliè　　　　鐵絲 tiěsī

牙套 yátào　　　　　咬合板 yǎohébǎn

（二）補充詞語

牙釉質 yáyòuzhì　　縫隙 fèngxì　　　　種植牙 zhòngzhíyá

洗牙 xǐyá　　　　　補牙 bǔyá　　　　牙疼 yáténg

鑲牙 xiāngyá　　　口腔 kǒuqiāng　　牙刷 yáshuā

斷裂 duànliè　　　口臭 kǒuchòu　　缺損 quēsǔn

烤瓷牙 kǎocíyá　　手術整形 shǒushù zhěngxíng

三、粵普對照 🎧 11-3

粵	普
喰口盅	漱口杯 shùkǒubēi
成口牙	整口牙 zhěng kǒu yá
爛牙	蛀牙 zhùyá / 齲齒 qǔchǐ
牙隙	牙縫 yáfèng
牙肉	牙齦 yáyín
整牙	治療牙病 zhìliáo yábìng
牙石	牙結石 yájiéshí
甩牙	掉牙 diàoyá
剝牙	拔牙 báyá
哨牙	齙牙 bāoyá
兔仔牙	虎牙 hǔyá

四、練習

1. 選詞填空並朗讀。

你有兩顆（　　　），蛀的洞很（　　　），還有（　　　），應該儘快（　　　）。但你現在（　　　）、（　　　）都（　　　），還有一點兒（　　　）。要先吃些（　　　），等炎症（　　　）了才能補牙。

參考詞語：

① 消除　② 消炎藥　③ 牙周　④ 牙齦　⑤ 蛀牙

⑥ 膿液　⑦ 補牙　⑧ 深　⑨ 發炎紅腫　⑩ 牙周炎

2. 討論時間：說說口腔衛生和及時治療牙病的要點。

參考詞語：

刷牙方法　豎刷　漱口　牙綫　食物殘渣　嵌塞　刺激
甜食　定期檢查　重視　口腔衛生　敏感　清潔　咬
硬殼　酸冷　黏性　及時　拖延　早晚　牙齦紅腫
酸痛

3. 用普通話說出下列句子。

（1）你擦牙係唔係打橫擦？唔得嘅！醫生話要上下上下咁
擦，先至擦得乾淨。

（2）你要剝牙。不過宜家你牙肉發炎，唔剝得住。

〈知識窗〉醫護專業用語及常見牙科疾病

殘冠 cánguān	殘根 cángēn	齲洞 qǔdòng
齲斑 qǔbān	恆牙 héngyá	犬齒 quǎnchǐ
臼齒 jiùchǐ	牙槽 yácáo	牙床 yáchuáng
牙菌斑 yájūnbān	牙體病 yátǐbìng	牙周炎 yázhōuyán
牙髓炎 yásuǐyán	牙髓腔 yásuǐqiāng	牙根管 yágēnguǎn
叩擊痛 kòujītòng	融合牙 rónghéyá	牙結石 yájiéshí

牙本質 yáběnzhì　　　烤瓷牙 kǎocíyá　　　種植牙 zhòngzhíyá

瘻管溢膿 lòuguǎn yìnóng　　　牙齒鬆動 yáchǐ sōngdòng

牙齦溢膿 yáyín yìnóng　　　牙列矯治 yáliè jiǎozhì

骨膜下膿腫 gǔmóxià nóngzhǒng　　刺激性牙痛 cìjīxìng yátòng

直絲矯治器 zhísī jiǎozhìqì

牙髓炎症候群 yásuǐyán zhènghòuqún

牙髓性頭面部痛 yásuǐxìng tóumiànbùtòng

牙尖交錯位異常 yájiān jiāocuòwèi yìcháng

第 12 課　急診 Emergency

一、課文 12-1

（一）車禍　受傷 Car Accident Injuries
chēhuò shòushāng

（傷者　躺　在　擔架車　上，仍　清醒）
shāngzhě tǎng zài dānjiàchē shang　réng qīngxǐng

yīshēng
醫生：　你　感覺　怎麼樣？
nǐ gǎnjué zěnmeyàng

shāngzhě
傷者：　腳　很　疼，左邊　的　腳　感覺　有點兒　麻。
jiǎo hěn téng　zuǒbian de jiǎo gǎnjué yǒudiǎnr má

yīshēng
醫生：　怎麼　受傷　的？
zěnme shòushāng de

shāngzhě
傷者：　車禍，我　坐　的　那　輛　小巴　撞上了
chēhuò　wǒ zuò de nà liàng xiǎobā zhuàngshàngle
　　　　前面　的　的士。
qiánmiàn de dīshì

yīshēng
醫生：　當時　昏迷　了　嗎？有　沒有　哪兒　流　血？現在
dāngshí hūnmí le ma　yǒu méiyǒu nǎr liú xiě　xiànzài
　　　　頭暈　嗎？是　不　是　想　吐？
tóuyūn ma　shì bu shì xiǎng tù

shāngzhě
傷者：　一直　很　清醒，沒有　流　血，不　想　吐，也　不
yìzhí hěn qīngxǐng　méiyǒu liú xiě　bù xiǎng tù　yě bù
　　　　頭暈。只是　左腳　越　來　越　麻。
tóuyūn　zhǐshì zuǒjiǎo yuè lái yuè má

醫生：你現在千萬別動！我給你檢查一下，然後護工會推你去做 CT 檢查。檢查完留這兒觀察。

（CT 報告顯示腰椎間盤有輕度移位）

傷者：醫生，要緊嗎？

醫生：只是輕度的移位，腰部的肌肉可能也有挫傷。要留在醫院治療，住院後我們會請骨科的醫生會診。不用太擔心。只是現在千萬不能亂動。

shāngzhě　　zhīdào le　　néng bu néng qǐng nǐmen gěi wǒ　jiāli　dǎ gè
傷者　：知道 了。能 不 能　請 你們　給 我 家裏 打 個

diànhuà　　ràng tāmen lái bàn shǒuxù
電話 ，讓 他們 來 辦　手續 ？

yīshēng　　jǐngchá yǐjīng liánxì nǐ de jiārén le　tāmen mǎshàng jiù
醫生　：警察 已經 聯繫 你 的 家人 了，他們　馬上　就

dào
到 。

shāngzhě　　xièxie　wǒ kě zhēn dǎoméi
傷者　：謝謝！我 可 真　倒霉 !

jízhěn bìngtòng
（二）急診　病痛 Emergency Disorders

wúlùn　shì nèikē　wàikē háishi érkē　fùchǎnkē　pífūkē
無論 是 內科、外科 還是 兒科、婦產科、皮膚科、

ěr-bí-hóukē děng jíbìng　yídàn fāshēng jǐnjí qíngkuàng　dōu yīng
耳鼻喉科 等 疾病，一旦　發生 緊急 情況 ，都　應

lìjí　qù kàn jízhěn
立即 去 看 急診。

chángjiàn jízhěn de jíbìng hé zhèngzhuàng yǒu　gāoshāo
常見　急診 的 疾病 和　症狀　有：高燒、

hūnmí xiūkè　nǎocùzhòng　chōuchù diānxián chūxiě fùxiè
昏迷、休克、 腦卒中　 抽搐 、癲癇 、出血、腹瀉、

wàishāng　gǔzhé shīmíng　zhòngfēng kǎxiě xiàochuǎn
外傷 、骨折、失明 、 中風 、咯血、 哮喘 、

ǒutù　jùliè tóutòng fùtòng xuèniào biànxiě zǎochǎn
嘔吐、劇烈 頭痛 腹痛 血尿 便血 早產

liúchǎn　tàngshāng　dāoshāng diànjī nìshuǐ shíwù zhòngdú
流產、 燙傷 、 刀傷 、電擊、溺水、食物　中毒 、

jīngshén yìcháng　hūxīdào yìwù xīrù　tángniàobìng hūnmí
精神　異常　呼吸道 異物 吸入、 糖尿病　昏迷、

xīnjiǎotòng shènjiǎotòng jíxìng yíxiànyán jíxìng lánwěiyán děng
心絞痛 、 腎絞痛　、急性 胰腺炎、急性　闌尾炎　等 。

二、詞語 🎧12-2

（一）課文詞語

急診 jízhěn　　　　　車禍 chēhuò　　　　麻 má

昏迷 hūnmí　　　　　腰椎 yāozhuī　　　　移位 yíwèi

挫傷 cuòshāng　　　　會診 huìzhěn　　　　手續 shǒuxù

休克 xiūkè　　　　　腦卒中 nǎocùzhòng　　抽搐 chōuchù

癲癇 diānxián　　　　骨折 gǔzhé　　　　　中風 zhòngfēng

咯血 kǎxiě　　　　　血尿 xuèniào　　　　便血 biànxiě

電擊 diànjī　　　　　溺水 nìshuǐ　　　　　心絞痛 xīnjiǎotòng

腎絞痛 shènjiǎotòng　胰腺炎 yíxiànyán　　闌尾炎 lánwěiyán

食物中毒 shíwù zhòngdú　　精神異常 jīngshén yìcháng

呼吸道異物吸入 hūxīdào yìwù xīrù

（二）補充詞語

服毒 fúdú　　　　　　灼傷 zhuóshāng　　痙攣 jìngluán

宮外孕 gōngwàiyùn　　洗胃 xǐwèi　　　　　自殺 zìshā

轉院 zhuǎnyuàn　　　清醒 qīngxǐng　　　掛號 guàhào

輸液 shūyè　　　　　搶救 qiǎngjiù　　　　付款 fùkuǎn

過敏史 guòmǐnshǐ　　　簽署 qiānshǔ　　　病危通知 bìngwēi tōngzhī

詢問病史 xúnwèn bìngshǐ

三、粵普對照 🎧 12-3

粵	普
甩骱	脫臼 tuōjiù
扯蝦	哮喘 xiàochuǎn
作嘔	想吐 xiǎng tù
睇醫生	看醫生 kàn yīshēng / 看病 kànbìng
暈底	暈倒 yūndǎo
救傷車	救護車 jiùhùchē
街症	診所 zhěnsuǒ
過身	去世 qùshì
留院	住院 zhùyuàn
冇幾耐	沒多久 méi duō jiǔ
肚屙	腹瀉 fùxiè
腳痹	腳發麻 jiǎo fāmá
淥嚫	燙著了 tàngzhele

四、練習

1. 選詞填空並朗讀。

　　一位媽媽抱著（　　）向急診室的護士台跑去，她對護士說：「我的孩子今天一早開始（　　），到哪兒掛號？」護士說：「先量一量（　　），稱一下（　　）。你帶（　　）了嗎？請在這兒填上孩子的（　　）、（　　）和（　　）。

我要給你登記一些資料。」

　　護士填上體溫、體重和（　　）等資料後，對孩子的媽媽說：「你到前面（　　）去等，醫生很快就（　　）。」

參考詞語：

　① 發燒　② 出生年月　③ 孩子　④ 三號房間　⑤ 過來
　⑥ 住址　⑦ 體重　⑧ 體溫　⑨ 藥物過敏史　⑩ 身份證
　⑪ 姓名

2. 討論時間：談談香港的醫療救援服務制度。

（1）救護車召喚

（2）急診收費

（3）公立醫院服務項目

（4）健康院服務範圍

（5）政府醫療資源分配

3. 用普通話說出下列句子。

（1）你嘅傷口縫咗 5 針，千祈唔好掂到水，如果唔係就會發炎。

（2）我奶奶琴晚入咗 ICU，我老公好擔心，成晚冇瞓。

〈知識窗〉醫護專業用語及常見急診疾病

吸氧 xīyǎng	包紮 bāozā	昏迷 hūnmí
輸液 shūyè	血型 xuèxíng	輸血 shūxuè
洗胃 xǐwèi	止血 zhǐxiě	脈搏 màibó
縫合 fénghé	急促 jícù	中毒 zhòngdú
癱瘓 tānhuàn	中風 zhòngfēng	自殺 zìshā

腹部疼痛 fùbù téngtòng　　　核磁共振 hécí-gòngzhèn

生命體徵 shēngmìng tǐzhēng　　呼吸困難 hūxī kùnnan

人工呼吸 réngōng hūxī　　　　心臟驟停 xīnzàng zhòutíng

病危通知 bìngwēi tōngzhī　　　胸外按壓 xiōngwài ànyā

清潔傷口 qīngjié shāngkǒu　　　電解質測定 diànjiězhì cèdìng

藥物過敏史 yàowù guòmǐnshǐ

藥物敏感試驗 yàowù mǐngǎn shìyàn

fùlù

附錄

附錄 1　漢語拼音方案

一、字母表

字母	A a	B b	C c	D d	E e	F f	G g
名稱	ㄚ	ㄅㄝ	ㄘㄝ	ㄉㄝ	ㄜ	ㄝㄈ	ㄍㄝ
	H h	I i	J j	K k	L l	M m	N n
	ㄏㄚ	ㄧ	ㄐㄧㄝ	ㄎㄝ	ㄝㄌ	ㄝㄇ	ㄋㄝ
	O o	P p	Q q	R r	S s	T t	
	ㄛ	ㄆㄝ	ㄑㄧㄡ	ㄚㄦ	ㄝㄙ	ㄊㄝ	
	U u	V v	W w	X x	Y y	Z z	
	ㄨ	ㄎㄝ	ㄨㄚ	ㄒㄧ	ㄧㄚ	ㄗㄝ	

　　v 只用來拼寫外來語、少數民族語言和方言。字母的手寫體依照拉丁字母的一般書寫習慣。

二、聲母表

b	p	m	f		d	t	n	l
ㄅ玻	ㄆ坡	ㄇ摸	ㄈ佛		ㄉ得	ㄊ特	ㄋ訥	ㄌ勒
g	k	h			j	q	x	
ㄍ哥	ㄎ科	ㄏ喝			ㄐ基	ㄑ欺	ㄒ希	
zh	ch	sh	r		z	c	s	
ㄓ知	ㄔ蚩	ㄕ詩	ㄖ日		ㄗ資	ㄘ雌	ㄙ思	

給漢字注音時，為了使拼式簡短，zh, ch, sh 可以省作ẑ, ĉ, ŝ。

三、韻母表

	i ㄧ　　衣	u ㄨ　　烏	ü ㄩ　　迂
a ㄚ　　啊	ia ㄧㄚ　呀	ua ㄨㄚ　蛙	
o ㄛ　　喔		uo ㄨㄛ　窩	
e ㄜ　　鵝	ie ㄧㄝ　耶		üe ㄩㄝ　約
ai ㄞ　　哀		uai ㄨㄞ　歪	
ei ㄟ　　欸		uei ㄨㄟ　威	
ao ㄠ　　熬	iao ㄧㄠ　腰		
ou ㄡ　　歐	iou ㄧㄡ　憂		
an ㄢ　　安	ian ㄧㄢ　煙	uan ㄨㄢ　彎	üan ㄩㄢ　冤
en ㄣ　　恩	in ㄧㄣ　因	uen ㄨㄣ　溫	ün ㄩㄣ　暈
ang ㄤ　　昂	iang ㄧㄤ　央	uang ㄨㄤ　汪	
eng ㄥ　亨的韻母	ing ㄧㄥ　英	ueng ㄨㄥ　翁	
ong （ㄨㄥ）轟的韻母	iong ㄩㄥ　雍		

（1）「知、蚩、詩、日、資、雌、思」等七個音節的韻母用 i，即：知、蚩、詩、日、資、雌、思等字拼作 zhi, chi, shi, ri, zi, ci, si。

（2）韻母ㄦ寫成 er，用作韻尾的時候寫成 r。例如：「兒童」拼作 ertong，「花兒」拼作 huar。

（3）韻母ㄝ單用的時候寫成 ê。

（4）i 行的韻母，前面沒有聲母的時候，寫成 yi（衣），ya（呀），ye（耶），yao（腰），you（憂），yan（煙），yin（因），yang（央），ying（英），yong（雍）。

u 行的韻母，前面沒有聲母的時候，寫成 wu（烏），wa（蛙），wo（窩），wai（歪），wei（威），wan（彎），wen（溫），wang（汪），weng（翁）。

ü 行的韻母，前面沒有聲母的時候，寫成 yu（迂），yue（約），yuan（冤），yun（暈）；ü 上兩點省略。

ü 行的韻母跟聲母 j, q, x 拼的時候，寫成 ju（居），qu（區），xu（虛），ü 上兩點也省略；但是跟聲母 n, l 拼的時候，仍然寫成 nü（女），lü（呂）。

（5）iou, uei, uen 前面加聲母的時候，寫成 iu, ui, un。例如 niu（牛），gui（歸），lun（論）。

（6）在給漢字注音的時候，為了使拼式簡短，ng 可以省作 ŋ。

四、聲調符號

陰平	陽平	上聲	去聲
-	ˊ	ˇ	ˋ

聲調符號標在音節的主要元音上，輕聲不標。例如：

媽 mā	麻 má	馬 mǎ	罵 mà	嗎 ma
（陰平）	（陽平）	（上聲）	（去聲）	（輕聲）

五、隔音符號

    a, o, e 開頭的音節連接在其他音節後面的時候，如果音節的界限發生混淆，用隔音符號（'）隔開，例如：pi'ao（皮襖）。

人體發音器官圖

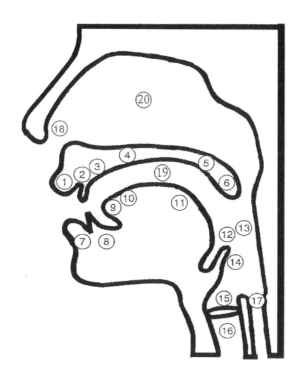

① 上唇 shàngchún　② 上齒 shàngchǐ　③ 齒齦 chǐyín

④ 硬腭 yìng'è　⑤ 軟腭 ruǎn'è　⑥ 小舌 xiǎoshé

⑦ 下唇 xiàchún　⑧ 下齒 xiàchǐ　⑨ 舌尖 shéjiān

⑩ 舌面 shémiàn　⑪ 舌根 shégēn　⑫ 咽頭 yāntóu

⑬ 咽壁 yānbì　⑭ 會厭 huìyàn　⑮ 聲帶 shēngdài

⑯ 氣管 qìguǎn　⑰ 食道 shídào　⑱ 鼻孔 bíkǒng

⑲ 口腔 kǒuqiāng　⑳ 鼻腔 bíqiāng

附錄 3　漢語普通話音節形式表

	b	p	m	f	d	t	n	l	g	k	h	z	c	s	zh	ch	sh	r	j	q	x	(Null)
a	ba	pa	ma	fa	da	ta	na	la	ga	ka	ha	za	ca	sa	zha	cha	sha					a
o	bo	po	mo	fo																		o
e			me		de	te	ne	le	ge	ke	he	ze	ce	se	zhe	che	she	re				e
ai	bai	pai	mai		dai	tai	nai	lai	gai	kai	hai	zai	cai	sai	zhai	chai	shai					ai
ei	bei	pei	mei	fei	dei	tei	nei	lei	gei	kei	hei	zei			zhei		shei					ei
ao	bao	pao	mao		dao	tao	nao	lao	gao	kao	hao	zao	cao	sao	zhao	chao	shao	rao				ao
ou		pou	mou	fou	dou	tou	nou	lou	gou	kou	hou	zou	cou	sou	zhou	chou	shou	rou				ou
an	ban	pan	man	fan	dan	tan	nan	lan	gan	kan	han	zan	can	san	zhan	chan	shan	ran				an
ang	bang	pang	mang	fang	dang	tang	nang	lang	gang	kang	hang	zang	cang	sang	zhang	chang	shang	rang				ang
en	ben	pen	men	fen	den		nen		gen	ken	hen	zen	cen	sen	zhen	chen	shen	ren				en
eng	beng	peng	meng	feng	deng	teng	neng	leng	geng	keng	heng	zeng	ceng	seng	zheng	cheng	sheng	reng				eng
ong					dong	tong	nong	long	gong	kong	hong	zong	cong	song	zhong	chong		rong				
er																						er
u	bu	pu	mu	fu	du	tu	nu	lu	gu	ku	hu	zu	cu	su	zhu	chu	shu	ru				wu
ua									gua	kua	hua				zhua	chua	shua	rua				wa
uo					duo	tuo	nuo	luo	guo	kuo	huo	zuo	cuo	suo	zhuo	chuo	shuo	ruo				wo
uai									guai	kuai	huai				zhuai	chuai	shuai					wai

final	(–)	b	p	m	d	t	n	l	g	k	h	z	c	s	zh	ch	sh	r	j	q	x
ui	wei				dui	tui			gui	kui	hui	zui	cui	sui	zhui	chui	shui	rui			
uan	wan				duan	tuan	nuan	luan	guan	kuan	huan	zuan	cuan	suan	zhuan	chuan	shuan	ruan			
uang	wang								guang	kuang	huang				zhuang	chuang	shuang				
un	wen				dun	tun	nun	lun	gun	kun	hun	zun	cun	sun	zhun	chun	shun	run			
ueng	weng																				
i	yi	bi	pi	mi	di	ti	ni	li				zi	ci	si	zhi	chi	shi	ri	ji	qi	xi
ia	ya				dia			lia											jia	qia	xia
ie	ye	bie	pie	mie	die	tie	nie	lie											jie	qie	xie
iao	yao	biao	piao	miao	diao	tiao	niao	liao											jiao	qiao	xiao
iu	you			miu	diu		niu	liu											jiu	qiu	xiu
ian	yan	bian	pian	mian	dian	tian	nian	lian											jian	qian	xian
iang	yang						niang	liang											jiang	qiang	xiang
in	yin	bin	pin	min			nin	lin											jin	qin	xin
ing	ying	bing	ping	ming	ding	ting	ning	ling											jing	qing	xing
iong	yong																		jiong	qiong	xiong
ü	yu						nü	lü											ju	qu	xu
üe	yue						nüe	lüe											jue	que	xue
üan	yuan																		juan	quan	xuan
ün	yun																		jun	qun	xun

中國行政區劃

直轄市 zhíxiáshì

市		簡稱	
北京市	Běijīng Shì	京	Jīng
天津市	Tiānjīn Shì	津	Jīn
上海市	Shànghǎi Shì	滬	Hù
重慶市	Chóngqìng Shì	渝	Yú

省份 shěngfèn

省		簡稱		省會	
黑龍江省	Hēilóngjiāng Shěng	黑	Hēi	哈爾濱市	Hā'ěrbīn Shì
吉林省	Jílín Shěng	吉	Jí	長春市	Chángchūn Shì
遼寧省	Liáoníng Shěng	遼	Liáo	瀋陽市	Shěnyáng Shì
河北省	Héběi Shěng	冀	Jì	石家莊市	Shíjiāzhuāng Shì
山西省	Shānxī Shěng	晉	Jìn	太原市	Tàiyuán Shì
甘肅省	Gānsù Shěng	甘	Gān	蘭州市	Lánzhōu Shì
山東省	Shāndōng Shěng	魯	Lǔ	濟南市	Jǐnán Shì
陝西省	Shǎnxī Shěng	陝	Shǎn	西安市	Xī'ān Shì
四川省	Sìchuān Shěng	川	Chuān	成都市	Chéngdū Shì
河南省	Hénán Shěng	豫	Yù	鄭州市	Zhèngzhōu Shì
江蘇省	Jiāngsū Shěng	蘇	Sū	南京市	Nánjīng Shì

安徽省	Ānhuī Shěng	皖	Wǎn	合肥市	Héféi Shì
浙江省	Zhèjiāng Shěng	浙	Zhè	杭州市	Hángzhōu Shì
江西省	Jiāngxī Shěng	贛	Gàn	南昌市	Nánchāng Shì
湖北省	Húběi Shěng	鄂	È	武漢市	Wǔhàn Shì
湖南省	Húnán Shěng	湘	Xiāng	長沙市	Chángshā Shì
福建省	Fújiàn Shěng	閩	Mǐn	福州市	Fúzhōu Shì
廣東省	Guǎngdōng Shěng	粵	Yuè	廣州市	Guǎngzhōu Shì
海南省	Hǎinán Shěng	瓊	Qióng	海口市	Hǎikǒu Shì
貴州省	Guìzhōu Shěng	黔	Qián	貴陽市	Guìyáng Shì
青海省	Qīnghǎi Shěng	青	Qīng	西寧市	Xīníng Shì
雲南省	Yúnnán Shěng	滇	Diān	昆明市	Kūnmíng Shì
台灣省	Táiwān Shěng	台	Tái	台北市	Táiběi Shì

自治區 zìzhìqū

自治區		簡稱		首府	
內蒙古 自治區	Nèiměnggǔ Zìzhìqū	蒙	Měng	呼和浩 特市	Hūhéhàotè Shì
寧夏回族 自治區	Níngxià Huízú Zìzhìqū	寧	Níng	銀川市	Yínchuān Shì
廣西壯族 自治區	Guǎngxī Zhuàngzú Zìzhìqū	桂	Guì	南寧市	Nánníng Shì
西藏自治區	Xīzàng Zìzhìqū	藏	Zàng	拉薩市	Lāsà Shì
新疆維吾爾 自治區	Xīnjiāng Wéiwú'ěr Zìzhìqū	新	Xīn	烏魯木 齊市	Wūlǔmùqí Shì

特別行政區 tèbié xíngzhèngqū

香港特別行政區	Xiānggǎng Tèbié Xíngzhèngqū
澳門特別行政區	Àomén Tèbié Xíngzhèngqū

醫院部門名稱

內科 nèikē

兒科 érkē

外科 wàikē

骨科 gǔkē

婦科 fùkē

心理科 xīnlǐkē

病房 bìngfáng

中醫 zhōngyī

血液科 xuèyèkē

皮膚科 pífūkē

放射科 fàngshèkē

化驗室 huàyànshì

產科 chǎnkē

急診 jízhěn

觀察室 guānchàshì

掛號處 guàhàochù

耳鼻喉科 ěr-bí-hóu-kē

口腔科 kǒuqiāngkē

泌尿科 mìniàokē

腫瘤科 zhǒngliúkē

眼科 yǎnkē

住院部 zhùyuànbù

超聲波 chāoshēngbō

藥房 yàofáng

詢問處 xúnwènchù

整形外科 zhěngxíng wàikē

精神病科 jīngshénbìngkē

核磁共振 hécí-gòngzhèn

重症監護室 zhòngzhèng jiānhùshì

CT 掃描 CT sǎomiáo

傳染病科 chuánrǎnbìngkē

物理治療 wùlǐ zhìliáo

隔離病房 gélí bìngfáng

醫學術語中英文對照

課文	中文術語	英文對譯
1. 呼吸系統疾病 Respiratory Disease	❶ 上呼吸道感染 ❷ 哮喘	❶ Upper Respiratory Tract Infection ❷ Asthma
2. 消化系統疾病 Digestive System Disease	❶ 膽囊炎 ❷ 膽結石 ❸ 胃潰瘍	❶ Cholecystitis ❷ Gallstone ❸ Gastric Ulcer
3. 心腦血管系統疾病 Cardiovascular and Cere-brovascular Disease	❶ 高血壓 ❷ 動脈粥樣硬化	❶ Hypertension ❷ Atherosclerosis
4. 泌尿系統疾病 Urologic Disease	❶ 尿道感染 ❷ 良性前列腺增生	❶ Urinary Tract Infection, UTI ❷ Benign Prostatic Hyperplasia
5. 內分泌系統疾病 Endocrine System Disease	❶ 糖尿病 ❷ 高尿酸症 ❸ 痛風	❶ Diabetes Mellitus ❷ Hyperuricemia ❸ Gout
6. 婦產科 Obstetrics and Gynecology	❶ 產前檢查 ❷ 預防接種疫苗	❶ Prenatal Care ❷ Vaccination
7. 兒科疾病 Pediatric Disease	❶ 兒童營養 ❷ 兒童預防接種疫苗	❶ Children Nutrition ❷ Childhood Vaccination
8. 耳鼻喉科 Otorhinolaryngology	❶ 鼻竇炎 ❷ 梅尼埃病	❶ Sinusitis ❷ Ménière Disease
9. 眼科疾病 Eye Disease	❶ 青光眼 ❷ 結膜炎	❶ Glaucoma ❷ Conjunctivitis
10. 高發腫瘤 High Incidence of Cancer	❶ 鼻咽癌 ❷ 乳腺癌	❶ Nasopharyngeal Cancer ❷ Breast Cancer
11. 牙科 Dentistry	❶ 牙周病 ❷ 牙病治療	❶ Periodontal Disease ❷ Dental Treatment
12. 急診 Emergency	❶ 車禍受傷 ❷ 急診病痛 ❸ 急診治療	❶ Car Accident Injuries ❷ Emergency Disorders ❸ Emergency Treatments

liànxí   dá'àn

練習答案

上部　普通話語言知識

第 1 課 普通話的聲調

三、練習

1. 第一聲：　天　杯　風　詩　聽

　 第二聲：　人　紅　麻　雷　學

　 第三聲：　海　紙　草　鼓　寫

　 第四聲：　地　唱　電　罵　樹

2.

　　　 ˇ ˊ　　　　　 ˋ ˉ　　　　 ˉ ˉ　　　　 ˉ ˇ　　　　 ˉ ˊ

　　（1）掃描　（2）故鄉　（3）關心　（4）黑板　（5）家庭

　　　 ˇ ˉ　　　　　 ˊ ˋ　　　　 ˋ ˊ　　　　 ˊ ˇ　　　　 ˇ ˋ

　　（6）老師　（7）排隊　（8）熱情　（9）遲早　（10）警告

第 2 課 聲母和韻母的拼合（一）

三、練習

1.（1）k、g　（2）p、b　（3）d、t　　（4）k、g

　（5）l、l　（6）t、d　（7）f、h　　（8）b、m

　（9）n、l　（10）h、m

2.

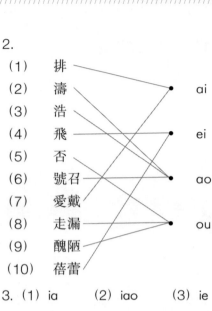

(1) 排
(2) 濤
(3) 浩
(4) 飛
(5) 否
(6) 號召
(7) 愛戴
(8) 走漏
(9) 醜陋
(10) 蓓蕾

ai
ei
ao
ou

3. (1) ia　　(2) iao　　(3) ie　　(4) uai

　　(5) üe　　(6) iou　　(7) uo　　(8) uei

4.

第二組：

第二組：　大　　佛　　喝　　體　　肚　　女

拼音：　dà　　fó　　hē　　tǐ　　dù　　nǔ

第三組：　踏　　摸　　樂　　批　　兔　　區

拼音：　tà　　mō　　lè　　pī　　tù　　qū

第四組：　卡　　坡　　可　　底　　苦　　舉

拼音：　kǎ　　pō　　kě　　dǐ　　kǔ　　jǔ

第 3 課 聲母和韻母的拼合（二）

三、練習

1. （1）jiao：驕　矯　角　叫

　　（2）jie：接　結　解　戒

　　（3）qiao：敲　僑　巧　翹

　　（4）qie：切　茄　且　怯

　　（5）xiao：消　淆　小　孝

　　（6）xie：些　邪　寫　謝

2. （1）這輛巴士空調不夠，很悶！

　　（2）魏敏玲不但人長得漂亮，心眼兒好，而且還勤奮好學。

　　（3）剛剛我還看見小劉，一轉眼他就不見了。

　　（4）哎喲，一隻風箏飛走了！

　　（5）在教室裏嘰哩呱啦吵吵鬧鬧，是很影響其他同學學習的。

3.

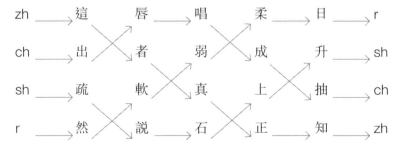

4. （1）D　（2）B　（3）C　（4）A　（5）B　（6）B　（7）A

　　（8）C　（9）D　（10）D

5.

聲母	同聲母的漢字	聲母	同聲母的漢字	聲母	同聲母的漢字
j	結　雞　嬌	zh	摘　紙　知	z	災　自　雜
q	旗　強　群	ch	抄　池　春	c	操　詞　村
x	吸　興　歇	sh	濕　升　說	s	四　僧　色

6.

(1) 人民　　☑ rénmín　　□ réngmíng

(2) 英明　　□ yīnmín　　☑ yīngmíng

(3) 審判　　☑ shěnpàn　　□ shěngpàng

(4) 強項　　□ qiánxiàn　　☑ qiángxiàng

(5) 賓館　　☑ bīnguǎn　　□ bīngguǎng

(6) 芳香　　□ fānxiān　　☑ fāngxiāng

第 4 課 字母 y, w 和隔音符號的用法

三、練習

1. (1) 醫藥　(2) 游泳　(3) 意義　(4) 擁有

　 (5) 盈餘　(6) 慰問　(7) 玩味　(8) 委婉

　 (9) 威武　(10) 瘟疫　(11) 預約　(12) 逾越

　 (13) 淵源　(14) 押韻　(15) 願望

2.

A crossword of song-title / lyric phrases (縱橫字謎):

- ⁹ 寂
- ¹小　　Ｋ寂　寞　寂　寞　就　好
- 蘋　　　星
- Ａ11如　果　沒　有　²你　　Ｆ孤　單　的　北　³半　球
- 果　　　愛　　　　　　　　　個
- 你　　　Ｂ我　不　⁸願　讓　你　⁵一　個　人　　¹⁰眼
- 也　　　像　　得　　　個　　
- 聽　　　誰　　一　　Ｈ男　人　不　該　讓　女　人　流　淚
- Ｅ說　愛　⁶你　　人　　想　　成
- 把　　　心　　着　　詩
- Ｉ我　好　想　⁷你　　Ｃ給　我　一　首　歌　的　⁴時　間
- 灌　　　不　　個　　間
- 醉　　　知　　人　　Ｄ到　處　都　是　愛
- 道　　　去
- Ｊ最　熟　悉　的　陌　生　人　　Ｇ爸　爸　去　哪　兒　了
- 事　　　了

第 5 課　變調和音變

三、練習

1.

(丶)	(—)	(ˊ)	(—)
(1) 一杯	(2) 唯一	(3) 一會兒	(4) 第一

(●)	(丶)(ˊ)	(丶)(ˊ)	(丶)(丶)
(5) 説一説	(6) 一心一意	(7) 一模一樣	(8) 一朝一夕

　　　　（ˊ）　　　　　　（ˋ）　　　　　　（•）　　　　　（•）
(9) 不對　　　　(10) 不好　　　(11) 對不起　　(12) 差不多

　　　　（ˋ）（ˊ）　　　（ˋ）（ˋ）　　　（ˊ）（ˊ）　　　（ˋ）（ˊ）
(13) 不聞不問　(14) 不清不楚　(15) 不見不散　(16) 不離不棄

2.

(1)　打招呼啊！

(2)　你多吃點兒，別客氣啊！

(3)　他是誰啊！

(4)　你說啊！

(5)　兒子啊，天氣冷了，要多穿點兒。

(6)　你快去報名啊！

(7)　你這個人真粗心啊！

(8)　好啊！我們一塊兒去。

(9)　別往那兒走，這小巷很暗啊。

(10)　今天是誰的生日啊！

(11)　你的錢包放哪裏了，我沒找着啊！

(12)　你怎麼才說一半兒啊？

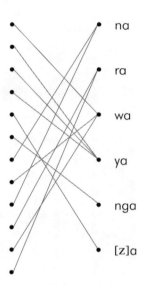

na

ra

wa

ya

nga

[z]a

3.

單韻母	a	o	u	e			
複韻母	ia	ua	üe	ie	iou		
鼻韻母	an	ong	en	ueng	üan	in	iong

第 6 課 普通話的輕聲和兒化韻

三、練習

1.

一	帆	風	順	手	牽	羊	入	虎	口
昇	平	淡	無	奇	珍	異	寶	刀	若
舞	生	花	妙	筆	伐	口	誅	不	懸
歌	逃	功	高	不	可	攀	暴	老	河
當	口	苦	弄	墨	守	龍	討	態	清
酒	虎	勞	文	規	成	附	逆	龍	海
對	成	惡	舞	鸞	歌	鳳	耳	鍾/鐘	宴
戶	人	逸	好	於	歸	言	之	鼓	安
當	三	過	不	事	其	成	玉	饌	鳩
門	衡	帶	散	鳥	聚	獸	猛	蛇	毒

2. (1) 一時<u>半</u>會　　(2) 三番<u>五</u>次　　(3) 坐吃山<u>空</u>

　　(4) 添<u>油</u>加醋　　(5) 不<u>知</u>不覺　　(6) <u>迫</u>不及待

　　(7) 有頭有<u>臉</u>　　(8) 天花<u>亂</u>墜

3. (1) 啞（巴）　(2) 腦（袋）　(3) 擬聲　　(4) 調節

　　(5) 漂（亮）　(6) 投靠　　(7) 鮮明　　(8) 餃（子）

　　(9) 海島　　(10) 名（字）　(11) 假設　　(12) 厚（道）

4. (1) 這把梳子___zi___很漂亮。

　　(2) 原子___zǐ___彈的威力很大。

（3）他沒事的時候很喜歡嗑瓜子___zǐ___。

（4）女子___zǐ___中學不收男生。

（5）王先生不喜歡吃栗子___zi___。

（6）田先生喜歡讀《孫子___zǐ___兵法》。

（7）杯子___zi___、被子___zi___不分是廣東人常見的毛病。

（8）子___zǐ___曰：「學而時習之，不亦説乎？」

5.　（1）A　（2）B　（3）B　（4）A　（5）B

6.　（1）李先生説：我今天有空___兒___，請你們吃飯吧。

　　（2）那個穿西裝的是我們的頭___兒___，他是潮州人_×_。

　　（3）小明撞到了桌子，頭上起了一個大包_×_。

　　（4）太太下個月過生日，我想買個包___兒___給她。

　　（5）我最近工作壓力大，常常頭_×_疼。

下部　情景對話

第 1 課 呼吸系統疾病

四、練習

1. 肺是個和外界（⑦相通）的開放性器官，人在（①疲倦）、（⑨受涼）、（⑥睡眠不足）、（⑧情緒低落）等情況下，甚至在（②忽冷忽熱）的環境中，都容易被（③細菌或病毒）入侵而患病。另一種情況是與已得病的患者（④密切接觸）而受到（⑤傳染）。

2. 病人：這些白色藥片起什麼作用？怎麼服用呢？

配藥員：這白色的藥片是消炎藥，每天四次，每次一片，
　　　　飯後服用。

病人：那這袋大的藥片呢？

配藥員：這比較大的藥片是含片，一天三次，每次一片。

病人：有沒有退燒的藥呢？

配藥員：這膠囊就是退熱藥，一天三次，每次一片。燒
　　　　退了就可以不吃了。

病人：這些小小的藥片是治什麼的？

配藥員：這幾片小的藥片是抗過敏的，每天晚上臨睡前
　　　　吃一片。

病人：這藥水是不是止咳藥水？

配藥員：對。這是止咳藥水，每天三次，每次一格。吃
　　　　前先把瓶子搖一下。平時要放在冰箱裏。

3. （1）近來我感到全身無力，吃什麼都沒有味道，不知道
得了什麼病。

（2）頭暈發熱，流鼻涕，鼻塞，發睏，一家人都在感
冒，看來我也被傳染了。

（3）整天咳嗽，很難受。最近我戒了煙，很怕肺裏長東
西。

第 2 課 消化系統疾病

四、練習

1. 經常（③熬夜），吃飯（⑤不定時），喜歡吃（④煎炸、
酸辣生冷）食物，加上（⑪抽煙喝酒），這些因素最容

易讓人患上（⑧胃潰瘍）。患者平時會感覺（⑨胃疼），嚴重的情況會（⑩胃出血），並導致（⑥心慌）、（⑦頭暈）、出（①冷汗），最終因（②失血過多）而休克。

3. (1) 現在體檢很貴，那些套餐動不動就幾千塊一個。如果不檢查，又擔心得癌，怎麼辦？

(2) 你整天打嗝兒，一定是消化不良。別吃那麼多東西了，最好每頓飯吃七分飽。

(3) 你老貪便宜亂吃東西，弄壞了胃，值得嗎？

第 3 課 心腦血管系統疾病

四、練習

1. 病人：醫生，很多人説我口唇發紫，是不是有什麼問題？

醫生：這代表血液中的含氧量低。你的心電圖提示心房心室都有些大。

病人：我有高血壓，同時常常氣急、心悸、眩暈、頭痛。

醫生：上次看病時你還説腳也有些浮腫。

病人：對。這兩個星期好些了，但半夜還是胸悶。

醫生：這所有的病症都和高血壓、心臟功能減弱有關。

病人：聽説高血壓跟遺傳有關，我父母都有高血壓。

醫生：那你就要特別注意了，堅持吃藥，注意飲食和運動。

3. (1) 我的爸爸、媽媽都有高血壓，我想我的高血壓可能是他們遺傳給我的。

(2) 我這幾年一到下午腳就腫，醫生給我檢查後説，是我的心臟功能出了問題。

第 4 課 泌尿系統疾病

四、練習

1. 慢性腎功能衰竭的（⑥患病率）很高。除了（②藥物）治療外，還可以採用（⑩腹膜透析）的方法治療，通過（①透析）清除血液中的（④代謝廢物）和體內過多的（⑦滯留水分）。患者也可以（③移植）屍體或活體腎臟，（⑨腎移植）的 10 年（⑧存活率）達 60% 以上，不過，移植後很長一段時間都要服用（⑤抗排斥藥物）。

2. (1) 我真的是很害怕會得癌症，如果真得了，都不知道怎麼辦。

   (2) 我聽說上了年紀的男人，大部分過了六十歲都會得前列腺方面的病。

第 5 課 內分泌系統疾病

四、練習

2. (1) 我的一雙腳很疼，走起路來一拐一拐的，疼死了。

   (2) 能吃、能睡，水也喝得很多，怎麼精神會這麼差，整天都不想動。

第 6 課 婦產科

四、練習

2. 孕婦：我身體很好，很健康。為什麼還要做產前檢查？

   醫生：產前檢查可以了解你的孕產史，保障你和胎兒的健康。當然，也可以保障你順利地分娩。

孕婦：那要查些什麼呢？

醫生：首先要知道你過去有沒有流產、早產、死胎、生殖系統疾病。

孕婦：我是第一次懷孕。

醫生：那過去有沒有患過什麼急性或慢性的疾病？

孕婦：你指的是哪些疾病？

醫生：如高血壓、心臟病、糖尿病、肝腎疾病、血液病和精神疾病等。

孕婦：都沒有。

醫生：雖然現在沒有什麼明顯的病，但還是要留意身體是否有什麼變化和不適。妊娠期如果出現高血壓、糖尿病、胎兒生長異常、胎盤和羊水異常等，就應該採取措施或終止妊娠。

3. (1) 生孩子的時候，真的吃很多苦，教育孩子更是一件要命的事，這樣一想，就很擔心、很害怕。

(2) 平時她吃東西就很挑食，現在懷孕了更挑剔，真是拿她沒轍。

第 7 課 兒科疾病

四、練習

1. 有的孩子特別 (⑤活潑好動)，不但 (②吃飯時) 好動，(⑦上課時) 也好動，注意力 (④不集中)，和同學 (③打打鬧鬧)，又常哭鬧、(⑥發脾氣) 和行為 (①異常)，這就有可能是患上了 (⑨兒童多動綜合徵)。遇上這樣的

情況應該帶孩子去醫院檢查，病情嚴重的就需要（⑧吃藥治療）。

2. (1) 帶孩子很麻煩，不但不肯吃飯、喝牛奶，水果碰也不碰，晚上很晚才睡，瘦得像猴子一樣。

(2) 教育孩子不能兇巴巴的，要和孩子多交流，多聊天兒，講講道理，漸漸地他就會聽話了。

第 8 課　耳鼻喉科

四、練習

1. 甲：最近聽力好像有問題了，右側的耳朵常常會疼痛。

乙：怎麼回事兒？

甲：不知道。有朋友說可能是我耳朵裏的耳垢阻塞耳道，影響聽力。

乙：去醫院檢查了嗎？

甲：還沒有。

乙：趕快去吧。去年我也是因為耳垢多，游泳時耳朵進了水，發炎了。醫生讓我滴了三天的藥水，然後幫我把耳垢取了出來。

甲：我自己用耳勺挖，很痛，挖不出來。

乙：千萬不能挖，不小心把鼓膜弄破就更麻煩了。

2. (1) 我經常耳鳴，突然又會走路不穩、頭暈，檢查後說我是梅尼埃病。

(2) 我的鼻子成天都不通，氣也透不過來，有時鼻涕是黃綠色的，中間還帶點兒血，很嚇人。

第 9 課 眼科疾病

四、練習

2. (1) 我過幾天要去做白內障手術，那個醫生收費貴得不得了。

(2) 先做左眼的手術，做一隻眼的手術費都要花上一萬多塊錢。

(3) 我兩隻眼睛看東西模糊，不敢上街，害怕被人撞倒。

第 10 課 高發腫瘤

四、練習

1. 有個患了（⑤肺癌）的病人，非常（⑥後悔）。因為他從（③年輕時）就（⑧抽煙），現在（⑫五十）了，（⑪抽了）整整三十年。這些年他（②咳嗽氣喘）越來越嚴重，人明顯消瘦。醫生讓他拍了 X 光片，做了（⑩核磁共振）檢查，檢查結果證實患了（⑨肺癌）。上個月他做了（④肺部腫瘤）切除手術。幸虧他（①意志堅強），（⑦積極配合）治療，現在整體情況恢復得很好。

2. (1) 現在到處都聽人說，很多東西不能吃，吃了會得癌症。

(2) 說真的，得了癌症都不用害怕，現在科技昌明，治好的可能性很大。

第 11 課 牙科

四、練習

1. 你有兩顆（⑤蛀牙），蛀的洞很（⑧深），還有（⑩牙周

炎），應該儘快（⑦補牙）。但你現在（④牙齦）、（③牙周）都（⑨發炎紅腫），還有一點兒（⑥膿液）。要先吃些（②消炎藥），等炎症（①消除）了才能補牙。

3. (1) 你刷牙是不是橫著刷？不行啊！要豎著刷，才能刷乾淨。

　(2) 你要做根管治療。不過現在你牙齦發炎，暫時不能做。

第 12 課 急診

四、練習

1. 一位媽媽抱著（③孩子）向急診室的護士台跑去，她對護士說：「我的孩子今天一早開始（①發燒），到哪兒掛號？」護士說：「先量一量（⑧體溫），稱一卜（⑦體重）。你帶（⑩身份證）了嗎？請在這兒填上孩子的（⑪姓名）、（②出生年月）和（⑥住址）。我要給你登記一些資料。」

護士填上體溫、體重和（⑨藥物過敏史）等資料後，對孩子的媽媽說：「你到前面（④三號房間）去等，醫生很快就（⑤過來）。」

3. (1) 你的傷口縫了 5 針，千萬別沾水，要不然就會發炎。

　(2) 我婆婆昨天晚上住進重症監護室，我先生很擔心，一晚上都沒睡。

參考書目

《現代全科醫學診斷》，阮林海、許青山、趙建民、毋劍梅主編，華夏出版社，1997

《現代漢語詞典（2002 年增補本）》，呂叔湘主編，商務印書館，2002

《全科醫師工作急診手冊》，劉鳳奎、王琳、李偉生、謝苗榮主編，人民軍醫出版社，2012

《內科疾病鑒別診斷學（第 5 版）》，鄺賀齡、胡品津主編，人民衛生出版社，2013

《內科學（衛生部全國高等學校教材）（第 8 版）》，陳灝珠、陸再英主編，人民衛生出版社，2013

《眼科學（衛生部全國高等學校教材）（第 8 版）》，趙堪興、楊培增主編，人民衛生出版社，2013